Ludwig Weibel
Aufschwung ins Erhabene
Gepräge eines Göttergartens

Books on Demand

Bibliographische Information der Deutschen Nationalbibliothek. Die Deutsche Nationalbibliothek verzeichnet
diese Publikation in der deutschen Nationalbibliogra
phie, detaillierte bibliographische Daten sind im Internet
über http://dnb.dnb.de abrufbar.

© 2015 Autor: Ludwig Weibel
Herstellung und Verlag:
BoD – Books on Demand, Norderstedt
ISBN 9783738625622

Ludwig Weibel

Aufschwung ins Erhabene

Inhalt

Das Feld deiner Gedanken
5

Wie in gläsernen Pantöffelchen
33

Der Zeitpunkt des Erwachens
59

Will einer wahrhaft wachsen
81

Eine Küstenwache stell Ich auf
105

Ein Prinzip ist keine Ware
133

Lass die Seinsverbindlichkeit des Herzens spielen
159

1

Das Feld deiner Gedanken

1.1

Das Feld deiner Gedanken liegt offen vor Mir, ist hier zu bemerken, damit du dich vorsiehst und dich nimmer zu schämen brauchst vor der Wucht Meines strahlenden Angesichts. Es ist eine Lehre der Weisheit des Herzens, die Ich dir sende, um dir Klarheit zu bringen über dein Dasein im Weltengefüge. Was schimmert hier durch aus Meines Seiens Hemisphäre? Dass deine Gedanken die Meinen sind und Meine die deinen in einer unübertrefflichen Einheit der Wesen. Das macht, dass alles Unreine wie Schlacke ausgestossen werden muss aus dem Bewusstsein derer, die sich Mir aufs Allerinnigste verpflichtet fühlen. Mit Vertrauen hat das viel zu tun, denn traust du Mir nicht zu, dass Ich, der All-Erschaffende, dich zu behüten und erhalten, zu stärken und zum Licht zu führen fähig Bin, so trübst du das Verhältnis zwischen dir und Mir unweigerlich und wirst es immer weiter trüben all so lange, bis du wieder dich auf Mich besinnst und umkehrst, deinem ewigen Hort und Heil entgegen.

Geschick heisst bei Mir: Günstiges erwarten und nicht rasten und nicht ruhen, bis es eintrifft in der Glorie Meiner Göttlichkeit und Liebenswürdigkeit am Werk, das Ich Mir auserlesen. Bange nicht und du wirst das erlangen, was dir frommt aus ewigem Begründen und Verkünden, aus Behutsamkeit und Stärke, die Mir allesamt in aberreichem Mass entströmen. Prüfe dich und prüfe gut, ob du dich nicht versündigst an der Überzeugung, Mir zu trauen mehr als allem anderen, das dich zum Anderssein verführt als gläubig, göttlich und erhaben.

Ich winke mit dem Zaunpfahl, wenn es nicht mehr anders geht und lass dich an Mir leiden um der Freude Willen, die dich dann erfüllt, wenn deines

Lebens Attitüde sich der Meinen vollends angeglichen hat und Schöpferweisheit, Zartheit, Zuversichtlichkeit und Anmut atmet in den Regionen Meines Seins und Meiner Wundergaben.

1.2
Richtig: Eine Population von Daseinsgläubigen und Unversehrten würde dem Globus das Gepräge eines Göttergartens und Geniestreichs der Unendlichkeit verleihen, denn es gäbe keine Widerborstigen und Hamsterer, Ausbeuter und Deliktverfasser im Ungetüm der Massen, und als oberstes Prinzip herrschte die Geschwisterschaft und das Bewusstsein des "wir sind" in allen Regionen, Tälern, Ebenen und Höhn.
Wenn Ich Mich so abseits halte, präsentiert sich Mir das Unerwachtsein und das Sehbehinderte der Völkerscharen in groteskem Ausmass, das die so verlockende Materie bedient, statt Mich zu meinen und dem Drang zum Wissenschaftlichen, wie ein geborsten Wehr, vollkommen nachgibt, anstatt ihn zu zügeln und die Seufzer nach Erfüllung Meinen Himmeln zuzuwenden.
Nun aber Bin Ich trotzdem jeden Erdenbürgers Innheit und Idol. Ich wühle Mich in jedem Menschenerdreich wie ein Maulwurf unentwegt voran und lockere die Gründe, dass sie fähig werden Meinem Wurzelwerk der Gnade und der Einsicht Raum zu bieten, dass daraus der Baum der Menschlichkeit, der Lichterfülltheit und der geistigen Beschaulichkeit erwächst, der Mir Beachtung und Gewissenhaftigkeit gewährt in wunderbar gerechten und zum Seligsein erwachten Zügen.
Die Erkenntnis Meines Innewohnens, selbst in den burschikosesten der Charaktere, produziert den allergrössten Unterschied im Tun und Lassen und

Sich-Fühlen der Gemüter. Denn die vom Sein Verklärten sehen Fülle in der Leere, Licht im Finsteren und Liebenswürdigkeit im Herben um sich her. Wir sind, hör Ich sie singen und singe Mich in ihnen in die Euphorie der Andersartigkeit, des Aufschwungs ins Erhabene und der Gewissheit, dass allüberall das Göttliche regiert als Basis für den ewigen Lernprozess in allen Lebensregionen.

   Mein schöpferisches Flair wird mählich selbst in der geringsten Hütte Einzug halten und eine Lebensqualität von himmlischer Gelöstheit, Grazie, Feinfühligkeit und Liebenswürdigkeit in Meinem Sinn entfalten, in der Wirklichkeit des Wahren, Genuinen und dem Sein Verpflichteten, das Ich mit aller Inbrunst propagiere.

   In Mir allein lässt sich geschmeidig, glockenrein und locker leben, denn es gibt nur einen Menschenwelterbauer und bewundernswerten Tausendsassa in den Sphären Meiner Gunst und Kunst des über das Natürliche gespannten Lebens, das Ich Bin und dem noch alle vollumfänglichen Tribut und aller Ehre Seidenglanz und Höflichkeit zu leisten haben.

   Mal dir aus, was dann geschieht, wenn du Mir gläubig auf dem Fusse folgst in der Betrachtung, die Ich frank und frei an dir vorüberziehen lasse! Du wirst wärmer, hilfsbereiter, zuversichtlicher und graziöser in der Art und Weise deines täglichen Benehmens - und Frohlocken füllt dein Herz ob den Erfolgen, die dich Mir wie auf den Schwingen eines Aars entgegentragen. Du bist befreit, indem du Mich freist in des Tagewerks Vollbringen-und-Mein-Liedlein-Singen, vollbewusst und wahr.

   Trau dir zu, Mir vollends zu vertrauen, als in Mich geboren und gelegt, von Mir durchlichtet und von einer sonderlichen Wonne, Heiterkeit und Genialität beseelt, die deinem Tun Erfolg und Würde zugesellt wie nie zuvor.

So sei's und sei's mit dir und deiner Welt des Wirklichen wie Numinosen, indem du dich an ihnen aufringst und aufs Köstlichste erlebst.

1.3
Medienwirksam und salopp sind Meine Äusserungen, wenn es darum geht, Mein Idealbild von des Menschentums Befördern und Vollenden, Sanktionieren und Riskieren gehörig in der Weltgemeinschaft zu verbreiten, damit ihm viele Hellgesichtige begegnen und ihm alle Ehre und den nötigen Respekt entgegenbringen mögen.

Die Weichen sind gestellt, um Meinem Mahnwort und Befehlen, Meiner Übersicht und Meinem Schäfchenzählen die gerechte Richtung vorzugeben, als von Mir erfunden und an Mich gebunden, vollbewusst und sonnenklar.

In keinem Seinsbereich kann Mein gebieterischer Einfluss und das Fluidum Meiner Vatergüte fehlen, denn es nützt und stützt und drängt und drangsaliert und überkommt die Völkermassen wie ein Sturmwind - als ein Säuseln zierlich und sakral, um Meinem Willen Resonanz und Achtung zu verschaffen, unmittelbar und morgenschön.

Kein Zweiter, Ich allein erwarte von dir nichts Geringeres, als Mich in dir zu sehn voll Ehrfurcht, aber mit der Freude der Verklärten, die sich selbst erkannt und in Mich eingemittet haben.

Meine Meinung ist gesichert und komplett, dass sich ein Zwiegespräch entfalten und erhalten muss zwischen Mir und allen Wesen, die da sind und Sehnsucht nach allweltlicher Erfüllung in sich tragen. Ihnen Bin Ich zugetan mit dem Gewicht der Weihung und Befreiung in die Wonne Meiner Sphären und bedeute ihnen, was ihr Soll ist und ihr wunderbar getragnes Haben in der Spanne Meiner

Unruh, Seinsgelassenheit, beseligenden Wachheit, Wiederkunft und himmelweiten Harmonie.

1.4
Als wissender Betrachter Meiner Angelegenheiten Bin Ich Mir das überragende Idol des Selbsterfüllens und der wachenden Präsenz im Ewig-Guten, das Ich Mir zur seligen Wohnstatt ausersehen habe. Was Ich Mir Bin, gehört mit gold'ner Virulenz in jedes offne Menschenherz geschrieben, denn es soll davon Bedeutsamkeit, Bewusstheit, Trost und liebevolles Miteinandergehn erlangen. Herzblut ist nicht irgendetwas, sondern der sich selbst verkreisende Beweis der namenlosen Güte, die Ich in Mein Weltenschaffen lege, denn es spendet, was belebt und wirkt das Wohlgefühl des Seins in allen Gliedern, ohne im geringsten sich damit zu brüsten. Nimm den roten Tau als Pfand der Seinsverbundenheit mit Mir und allen schaffenden Begleitern Meiner allerfüllenden und veritablen Geistkultur, die Ich schon seit Äonen pflege und auf den Gottesschild erhebe, um Mir selber Bild und Rat zu sein im wundervollsten Phantasieren.
  Ich zögre nicht, das, was Ich kann, auch anzuwenden und als Schlüssel zur Glückseligkeit vor Meinem Strahlensinnen auszubreiten, wie Mich im ätherlichten Medium zu vertun, in dem Ich seit Urzeiten Bin und wohne. Meine Würde ist so gross und Ehrfurcht deutend, dass sich die Erhabensten der Häupter unbedingt in Demut und Ergriffenheit vor Mir verneigen müssen. Wer sich weigert, spottet seiner selbst im Angesicht des Lebens, das ihn, als von Mir geschenkt, durchflutet und auf Trab erhält durch Tag und Nächte, myriadenfach geschehn.

Erläutre dir, was Ich Mir stets in deinem Wesen wie in deinem Umfeld wunderbarerweis bedeute. Denn es steht geschrieben: Alles ist von Mir und alles ist in Mir vollendet, sakrosankt und wohlgetan. Nur du verblendest dich, wenn dein Vertrauen in Mich schütter wird, statt zur ersehnten Fülle anzuwachsen und die Betriebsamkeit, den Trieb zu Mir im Keim erstickt, statt ihn voll Liebe mit Bewunderung zu begiessen.

Allein was Ich Mir Bin in dir fällt in Betracht in allem deinem Trachten und für Geld und Geltung Hin- und Widergehn. Allezeit bist Du von Mir gesegnet, wenn du nur deinen Sinn und dein erstrahlendes Bewusstsein freudig und voll Grazie zu Mir erheben wolltest in Gerechtigkeit und Wohlverstand und liebendem Ergeben. Ja, ja, es hebt ein Staunen an in dir, wenn du ob Meiner Inbrunst des Begleitens in dezenter Meisterschaft erblühst und Werke, Werte, Preziosen und Holdseligkeiten generierst von wunderbarer Dichte des Erscheinens und der seinspoetischen Struktur, die ihnen von Mir eigen.

Du glänzest und der Glanz kommt ohne jeden Abstrich leichterdings von Mir und Meiner Fähigkeit Mich zu verschenken, liebevollerweis ins All der Dinge und Gestaltungen, die Meines Spekulierens Zukunft sind und Meiner Augenweide Zier.

Ich weite und erweitre Mein Bewusstsein bis ins allerhobne Ewige von Meinen Gnaden und Bedachtsamkeiten, allwo Ich Meine Wonne pflege am Erhabensein und an der Harmonie, die Mich aufs Innigste besänftigt und beseelt.

1.5
Die Menschenseele sehnt sich unaufhörlich danach Licht zu sehn im Sinne der Erkenntnis dessen, was sie ist und woran sie sich halten kann in ihrem Sein

und Leben. Da frage Ich: Wer gibt ihr das Empfinden ihrer selbst in der Geschlossenheit und Widersprüchlichkeit des Weltsystems? Nichts und niemand kann das je bewirken ausser Mir, der Ich im Überirdischen – Gelass und Wohnsitz habe. Im Grund genommen ist der Seele Aufenthalt im Hier und zugleich in den Göttersphären, die den Raum erfüllen allweit, hoch und her.

Darum erklär' Ich dir: Lass das Gefühl vom körperlichen Ich-Sein schleunigst fahren und erhebe dich zu einer Ansicht, die vom Ausserirdischen geprägt, genährt und dazu ausersehen ist, dein wahres Ich zu stärken und der Erkenntnis seiner Gottesebenbildlichkeit im Geiste zuzuführen.

Ich allein lass strömenden Gewinn aus der dezenten Selbstbetrachtung deines Wesens resultieren. Sieh dich also vor, kein falsches Zeugnis anzunehmen im Gewirr der Meinungen und selbstgefälligen Kalauer, die zuhauf herumgeboten werden. Allein in deiner Innheit heiligem Schoss wirst du die rechte Antwort und Bestätigung des Seinsgewahrens finden, das Mein Erbe ist, Mein Zuspruch und Geglitzer im Gewühl.

Bist du in Mir gefestigt und zum Sein erkoren, schwindet auch dein all so menschliches und mickeriges Ich-Gefühl zu einem Nichts zusammen und lässt Mir freie Bahn, um dein Bewusstsein aufzuforsten mit des Himmels Köstlichkeiten, Segnungen und sinnerfüllten Synergien, die allesamt den Siegeslauf befördern, der sich aufschwingt in die Lauterkeit und Moduliertheit Meiner Sphären.

Ich gereiche dir zum Heil im kindergläubigen Erstaunen ob der Unbeschwertheit, die dich immerzu von Mir beseelt und dir des Elysiums taufrische Süsse, Wohlbekömmlichkeit und Grazie offenbart.

1.6

Verehren und Befördern Meiner Herrlichkeit ist angesagt in Meiner Göttlichkeit Idee und Ideal von eigner Prägung und bewusstem Hinterfragen. Ich läutere, was sich in Meinem Reich will etablieren und bestehe auf der peinlichen Erfüllung der Gesetze und Gepflogenheiten, die Ich Mir zu Recht und Schicksal, Selbstgebrauch und Stimmigkeit anheimgegeben.

Angemessne Rituale tragen dazu bei, die Dynamik, Kraft und Wirksamkeit der Glaubenssätze zu vermehren, die Ich Mir als Morgengabe aufs Tablett geschrieben. Ich lebe fürstlich und galant im Land der Wohlbesonnenheit und Disziplin, Gerechtigkeit und Liebenswürdigkeit, dem Ich Geburt und Namen, Sinnkraft, Poesie, Wahrhaftigkeit und Güte zum Geschenk gegeben. Meine Ziele lass Ich nimmer los und laufe, laufe durch Äonenläufte, bis Ich jene Mündigkeit erreiche, die in Meinem Heilsplan auf dem Gipfel Meiner Heiligung gelegen.

Meines Wirkens Aberwitz und Virulenz schafft wunderbar gerundete, gesundete und philanthrope Wirklichkeiten, die Mein Wonnesein begründen und in eine Flut von Wohlbekömmlichkeiten münden, denen Ich Gewähr Bin für Beständigkeit und graziösen Wohlklang um Mich her.

Mein Bedeuten zieht sich leichthin über Himmelsstriche, Sternenstriche hin, von denen sich nur Festliches, Vollendetes und Sakrosanktes sagen lässt im Lichthauch, den sie allesamt verbreiten. Dem Gewinde Meiner Gärten ist von Mir besondre Sorgfalt zugetan, damit Ich Mich in ihnen völlig unbeschwert, zutiefst beglückt und aufgeräumt ergehen kann nach Meinem Sinn und Sagen. Ich lebe in und webe aus Gestaltungskraft, Erinnern, Zukunftsgläubigkeit und wundertätigem

Begehen Meiner Wege, die von Schönheit glänzen und von glänzendem Bezug, auf was Ich Mir voll Grazie vorgegeben. Sittsamkeit und Edelmütigkeit sind in Mein Reinheft mit bewundernswert verschlung'nen Lettern und farbensprühenden Majuskeln eingeschrieben, wo sie Sinn und Herz erfreuen und zur freudigen Tat bewegen im allherrlichen Beginnen und Vollbringen, das Ich Mir im weltenprächtigen Gestalten auferlegt.

So kommt und geht und wogt und weht, was Meine Sache ist im Weltbild Meiner Güte, Tapferkeit und Würde des Betragens, wie auch in der Königskunst der Auferweckten zum unendlich liebevoll gelösten Lächeln in der Gottesweisheit sinnender Natur.

1.7

Ebenbürtig musst du werden Meinem Sinn und Sein und Schreiten in der Vollnatürlichkeit und Wachheit deiner Züge. Ich stärke dich bei dem gewissenhaften Aufschwung, den du leistest täglich, stündlich, um dahin zu kommen, wo dir alles, was du anrührst, wohl gelingt und die Sterne deiner Phantasie vor deinem inneren Auge brüderlich und selig miteinander durch den blauen Äther tanzen. Von Mir aufgerufen bist du, um das wunderbar Beschwingte und Bewusste wahr zu machen, das dem Sinn der Evolution zugrunde liegt, von Mir erwogen und gezogen, zielbewusst geführt und in den Adelsstand erhoben.

1.8

Betrachtung Meiner selbst ist die Parole, die landauf, landab Mein Herz bewegt, wenn Ich Mir Meines Daseins inne Bin im Myriadenfältigen Mich-an-die-Wesenswelt-Verspielen.

Sie alle, Bin Ich stets bestrebt, auf einen Nenner hochzuheben, den des Seins, das Mich meint in der himmlischen Struktur, in der Ich Bin und wese. Nichts weiter ist für dich und alle Welt zu tun, als Meiner Hoheit seidenweichen Glanz gehörig zu ergreifen, um in ihm Heil und Heiligkeit, Geborgenheit und ewige Heiterkeit zu finden.

Wie gehst du mit Mir um, will Ich dich fragen, wenn du versuchst, Mich gänzlich an den Rand zu drängen, derweil Ich doch die Mitte Bin und bleibe deiner Seinsgestalt in unvergänglich von Mir festgelegten Zügen. Das ist die Krux, dass du ob all dem weltlichen Getriebe nicht erkennen magst, was dich im Innersten bewegt und deines Handelns Zeuge ist, Begleiter, Tag- und Nachtschicht und Motor.

Dass Ich dich in Mir weiss und wiege, mag für dich der allergrösste Trost sein und der Ansporn, Mich mit Akribie zu suchen überall in Wald und Feld und Volk und Vaterland und Mensch und Menschentum, um Mich allüberall zu finden als das Seinslebendige, Meliorierte, Mustergültige und Überjede-Zweifelhaftigkeit-Erhabene. Dünke dich nicht mehr, als was du dir gerade sein kannst. Doch je mehr du dein privat sektiererisches Ich erniedrigst, umso mehr erhöhst du Mich in deinen Gründen, bis dich nichts mehr interessiert als die Seinsepistel und der Leitvers, die Ich dir verkünde.

Ich lass es gut sein mit dem Wörtchen: Trag dir alles nach, was Mich betrifft und lass das andre liegen, dann erfährst du aller Seinsgewissheit Seim und Seligkeit und weidest dich am Unnachahmlichen, das Ich dir Bin bis in den letzten Winkel deines Dich-und-deine-Welt-Gewahrens.

1.9

Währschafte Disziplin allein in Meinen Reichen führt zu saftigen Erfolgen im Erringen einer Seinsgewissenhaftigkeit von überirdischer Potenz im Reichtum Meiner Gnaden. Hab Ich dirs erklärt, so hast dus auch begriffen, wie sich die Götterdinge auf und ab und hin und her vollziehn in einem farbenprächtigen Konsens von blütenreiner Grazie und wohlgesittetem Erlangen, wie auch von überschwänglichem Vergeben kraftgesättigter Gedankenschwärme zu der Menschen Sinngedicht und Wohl.

Meistre deinen Willen, geb Ich dir voll Güte zu bedenken, dass er stets in Meiner Absicht und Gelehrsamkeit, Behutsamkeit und Würde sich bewege. Ich dränge nicht, doch helf Ich willig dir aus der Bedrängnis, wenn du Meiner Hilfe dich versicherst im verbindenden Gebet, ob dessen Lauterkeit und innigem Dich-Erklären die himmlischen Gesetze wirksam werden, die dein Heil bestimmen und, zutiefst beglückend, auch dein Seelenwohl.

Ich bette dich in das Gefieder der Barmherzigkeit an deinem Schicksal und Gewahren in der liebevollen Art, in der Ich vollbewusst agiere, wenn die Lebensdinge Mir entgegenkommen und gewillt sind Meinen Ratschlag zu erfahren und geflissentlich zu tun.

Ich lege Meine Vaterhand für dich ins Feuer, wenn Ich deiner Suche fündig werde und dein offnes Herz entdecke in der virulenten Myriadenschar. Mütterlich verbind Ich Mich mit dir durch Meines Lichtes wunderbar besänftigenden Strahl. Deiner Einsicht soll des Dankens demutsvolle Gabe folgen für soviel Gewährtes und Beschertes in der Tage Traulichkeit und Qual.

Unübersehbar sind die lauteren Betriebsamkeiten Meiner Geisterschar, die alles daran setzt, Gewillte zu gewinnen, um mit ihnen die Erfolge zu erzielen, die der Evolution Beförderung und Basis sind für eine Welt der Treue, Seinsgelassenheit und Heiterkeit, die ihresgleichen sucht, im weitgedehnten Daseinsfelde.

Es geht darum, dich seinsbewusst zu machen und gebügelt und geschniegelt auf Mein Ziel. Da wird dann aus dem Kommen und Vergehn ein wunderbar beschauliches Verbinden mit der Eintracht Meines Allgewissens und der Güte Meiner liebevollen Spuren.

1.10
Helfend, rettend, segnend teile Ich das Schicksal der Verfemten, die im grossen Stil von allen guten Geistern gemieden und verlassen scheinen. In der pulsierenden Gemeinde erkämpfe Ich Mir Pläne für Gerechtigkeit und Frieden, die auf jeder Liste wahrer Menschlichkeit und Liebe ganz zuoberst stehn. Es ist die Herzenswärme, die markant zum Zuge kommen soll, wenn viele Lamentable schmerzlichen Verlust erleiden. Das Mitleid nimmt Bedeutung an und die Gedanken kreisen um den Zustand der Geschädigten in ihrem Jammermeer.

Nun ist die Zeit gereift, dass Ich zu sprechen komme auf das Wort, das Ich euch einst gegeben: Alle Tage stets bei euch zu sein, bis ans Ende aller Zeiten. Und was das bedeutet, lässt sich leicht und tief erklären als in einem Phänomen, das es zu kennen und erkennen gilt in der Geschichte allen Seins und Lebens.

Das Bei-euch-Sein ist ein Akt der Herzensgüte und der Zuversichtlichkeit, mit denen Ich die Wesen alle jederzeit in Meinem allumfassenden Bewusstsein trage und eben darin liegt das Auferstehen, das ihr leisten könnt, indem ihr von dem Augenscheinlichen im Weltgetriebe zu dem Wirklichen in Meiner Huld und Heilkraft vorstösst, die da wahres Leben sind im Geiste und Unsterblichkeit im Ewigkeitsgefühl.

  Erreiche du im Jetzt, was Hunderttausende noch lange nicht erreichen, dass sie Meiner Gnade Stoss im Herzensraum erfühlen und sich von ihm zur Verklärung führen lassen in den Sphären der nie endenden Holdseligkeit am grossen Heilswerk, das Ich weltenweit vertrete. Suche in der Wucht des Stilleseins den Anschluss an Mein Reich und lass jegliche Besorgnis lächelnd von dir fahren. Erwache im Ich Bin und streue darob wundertätige Gedanken wie ein Feld von Rosenblättern vor dich hin, um deinem künftigen Weg den Duft und die Getragenheit des Schönen und Erspriesslichen, Bezaubernden und Liebevollen zu verleihen. Ich spende und du darfst dir nehmen allsoviel, wie du nur willst, von Meinen Geistesgütern, und Ich sage dir, sie sind der wahre Wert, an dem du dich in Minne und Verehrung halten kannst und der dich adelt, stählt und reift zur Glorie der Gottesgüte, die in allen Wesen west. Sie braucht nur gefunden und erkannt zu werden, um alles gut zu machen, was da ist und was des Himmels Freude darstellt, licht und leicht, behutsam, freundlich und galant und der urewigen Glückseligkeit erlesen.

1.11
Eben da wo Ich Mich fühle, herrschen Frieden, Sanftmut, Seligkeit und Ruh. Freundlich Wesen, Lichterwerk auf Sternenhöhn und heilige Stille benedeien Mir das Sein, in dem Ich heiter, einig mit Mir selbst und alleweil von aller Welt beglückt in Schlichtheit wese.

Das ist es, was Ich damit Meine Wahrheit nennen kann, einen Raum, dem keine Grenzen innewohnen und die süsse Klause Meiner Friedefertigkeit, die Mir Garant ist für ein freudevolles Sein und Weben.

Wohlgemutheit und Erhabenheit verströmt Mein Sinnen, wie das Liebliche und Zärtliche, das Ich in Milde, Seligkeit und Seelenpoesie getreulich um Mich lege. Es ist die Morgenröte ewigen Beglückens und Entzückens an der Zeit, die Ich mit all so vielen Worten preise und Mich der Gottesgunst gewahr erweise, die Mir alles ist und eines nur, das Ich geflissentlich begehre.

Ich ehre, was da ist und ehre Mich dabei und Meinen Zustand der Allherrlichkeit, von dem Ich sagen kann, dass Ich nichts anderes Mir wünsche und dass aus ihm die wunderbarsten Neigungen und köstlichsten Erfüllungen erspriessen. Alles Gute und Gesellige ist hier getan und liegt wie eine offne Weide vor entzückten Augen. Ich recke Mich und strecke Mich und schau Mir die Bescherung staunend an, die alles, was Ich will und wollte leichterdings gewährt, so dass Ich wimmen, schwimmen kann in einer Wonne ohnegleichen, wie der Prinz im Märchen, wie der Aar im himmlisch glänzenden Azur.

Was immer Ich Mir so erkläre, ist in unwahrscheinlich hohen Höhn geboren und strömt von ihnen, gold'nem Lichte gleich, hernieder auf die Seinsverklärten, denen es die Seele nährt, ermuntert und beflügelt, dass sie in Frohlocken ausbricht und das Ewige an erste Stelle setzt in ihrem meisterlichen Überlegen. Sage Mir, hast du wohl Herrlicheres je gesehn, als was Ich schauen darf und so in vollen Zügen auch geniessen. Licht und Liebe wenden sich Mir zu und in dem Überall der Sterne liegt ein Duft und Strahlen, eine Melodie und Harmonie von wunderbar gesegneter und wohlbewusster Ausgewogenheit. Von ihr sind alle Wesen liebevoll durchströmt und spüren dankbar Lust und Kraft und Lieblichkeiten göttlichen Geblüts und nie verebbenden Liebkosens, die da sind und die das All in feierlicher Hochgemutheit, Elegie und wunderbarer Ebenmässigkeit bewahren.

1.12
Dem Welten-Ich gehorsam, trete Ich aus vielen Reihen ungesäumt hervor und setze Mich in Szene, um ein Werk der Andacht, der Geschliffenheit, des Übermuts, wie des holdseligen Selbstgenügens zu vollbringen. Immer ist dasselbe am Agieren, wenn im Weltlauf irgendeine Tat geschieht. Welle, weile, wirke, wandle, handle wie du immer willst: Ich Bin Es, dessen Wille dich bewegt und alle, alles in Allräumen, der dem Wolkenlauf am Horizont gebietet und die Sterne tanzen lässt in ewig wechselvollem Spiel.

In allen Welterscheinens Diffizilität und Hahnebücherei, Erregtheit, Sittsamkeit und Milde hab Ich Mich verkrochen um des lebendigen Lebens willen, das Ich Bin und das den In-den-Stoff-Verkrachten insgeheim entgeht, so dass ihr Weltbild einen kapitalen Mangel aufweist und in argen Nöten des Erklärens endet, akkurat vor Meiner Tür.

Nur wer das Leben liebt, kann es auch spüren. Wer die Gesetze Gottes kennt, vermag dem Ganzen auf die Spur zu kommen, das da ist und immer ist von Mir.

Wem glaubst du, haben die bedeutendsten, machtvollsten und gerissensten Regenten letztlich zu gehorchen? Mir und Meiner Weise, alles überschauend Einfluss auszuüben, Druck und Zug, Gewalt, Gerechtigkeit und Milde, Widersprüchlichkeit und zarte Menschenkunde in der Herzen liebesseligem Verlies.

Meiner Schau kann nichts und niemand unerkannt entgehn, weil Ich in jedem Ding von innen her agiere. Zorn und Zagen, Aufwall und Genügen sind Mir restlos untertan und haben sich in das Geschick zu fügen, das in letzter, höchster Ebene das Meine ist, gewaltig ausgebaut, gebraut, gedichtet und gerichtet und glorios bis zu den Sternen hochgezogen.

Trägst du Meiner Fackel Licht und Streben, kann dir Gutes nur geschehn aus Meines Herzbluts Strömen und dem Willen zur Barmherzigkeit an Meinen Gliedern. Mach es dir in Meiner Wirklichkeit bequem und spüre die Beseligung, die von Mir ausgeht und das All umfasst, durchflutet und belebt. Nur Ich und Meine Attitüde kann dich retten und behutsam betten in die Wiege der Allherrlichkeit, die Ich Mir Bin und Bin in allem unverwandt und unerschöpflich, unermüdlich, liebevoll und zärtlich, auch in dir.

1.13
Wer bringt es auf den Punkt, wo Meine Völkerschaften wirklich wohnen? Ich allein, indem Ich wissend überwalte aller Himmelsgötter Thronen. Es mögen Zeichen dir und Wunder noch so viel geschehn, du begreifst sie alle nicht, bevor du Mich und Meinesgleichen nicht begriffen hast in deiner Herzgemeinschaft mit der Meinen.

Ich komme und du gehst und da vereinsamt eine Welt. Denn überall wo du den schicklichen Zusammenhang mit Mir verloren hast, klafft eine Wunde, klafft ein Abgrund zwischen Sein und Nichtsein, der nur von den wägsten, glühendsten und weidenschlanksten Seelen überwunden werden kann.

Willst du ihnen zugehören, wappne dich mit Mut und Glut und Gut des wahren Menschentums, das nur in Mir und Meiner Glorie den Pol der Ruhe findet, als von Mir erhoben und gewoben, ausgefächert, eingezogen und mit Geistes-sicherheit gekrönt. Das Wirkliche geht leise leis, auf leisen Sohlen durch die Nacht des Unmuts, die sich über die Verlornen und Verfemten breitet, die nicht wissen was sie tun. Ich halte allen Meine mütterliche Hilfe hin, doch ist es ihnen aufgegeben, ihren Sinn dem allpräsenten Numinosen zuzuwenden, das Ich Bin und das allein die Werte schafft, von denen Myriaden unbewusst und selbstgefällig zehren.

Hast du noch nicht verlernt das Paternoster innig und vertrauensvoll zu beten, magst du dir mit diesem weiterhelfen auf der Tour und Spur durchs Leben, das die Meine ist in wunderbarer Übereinkunft mit den Regeln und der Regelmässigkeit der Seinsnatur, die allem innewohnt in einer Gründlichkeit, Lebendigkeit und Wachheit lichterloh. Erkenntnis tut dir Not von Meinem Gleichgewicht und Sagen und In-alle-Himmel-des-Gerecht-seins-Ragen. Schmiege dich Mir an und finde, was du immer suchst auf Meiner Weide, Meiner Weite des bewussten Allergehns. Dort ist der Labsal Trank, dort atmet sich die Seele zur Gewissenhaftigkeit und Freiheit seliglich empor und ist in Mir und Meinem Wonnesein die Königin der Wohlfahrt und die Gläubige der guten Sitten heil und her, befriedet und gestillt im warmen, weisen, seinsgewandten Lichte des Verklärens.

1.14

Offensichtlich mit dem Wahn belegt, in dir selber wesenhaft zu gründen bist du, Schattenkapitän, derweil nur Ich der Grund Bin allen deinen Seins und deiner viel verzweigten Aktionen. Ich schütte aus, du sammelst ein, Ich generiere, währenddem dein Sachverstand geradezu nichtsnutzig ist, verglichen mit dem Meinen. So sei's dir denn gegönnt und aufgetragen, dass du lernest, Meines Wertes, Wirkens und Gestaltens dich beizeiten zu versehn und dein Agieren vollends auf Mich abzustellen in der Lebenstage Blauen. Denn siehe, du gewinnst, was Ich verliere und eroberst dir Mein Land im Masse des Vertrauens, das du zu Mir hegst und der Gewissenhaftigkeit, mit der du von dir Liebe forderst zu der Meinen.

Ich Bin sehr darauf erpicht, Gesetze aufzustellen, die dich in Mein Walten einbeziehn und förmlich Ausbund Meiner selbst in dir zu sein, wenn du nur kindlich und verbindlich Meinen Willen dir erlauschest in der Lebenstage Launen.

Gestatte dir nichts, was auch Ich Mir freien, feinen Sinns gestatten würde. Erhebe dich zu Mir als in das himmlische Genügen und Verfügen, Lauten-Schlagen und Vermessen der Geschichte nach der Billigkeit und Willigkeit der Sphären. Wandle du in Meiner Leichte wie auf Rosenwolken leichterdings dahin und vertreibe dir die Flausen, indem du Meines Flors und Flausches dich bedienst, um allerbeste Resultate, Exponate und Traktate zu erzielen.

Im Glück der Sterne sollst du wandeln, handeln und in dir bestehn, Meines Segensspruchs gewiss und Meiner Tatenfreudigkeit Geselle, schlicht und wirkungsvoll und wunderbar. Denn Meine Losung ist: Vergeben und Verweben wo Ich kann und deine: Seligkeit erleben in der Güte Meines allpräsenten

Odems, wie dem alles überragenden und all so liebevollen Geisteswehn.

1.15
Kontinuität ist angesagt in Mir und Meiner Weise, Gegenwart, Gesetzestreue, Gutmütigkeit wie Gnadenlosigkeit zu pflegen. Engel wahren Lebens Bin Ich, ebenso wie rabenschwarzer Mentor, Radiant und Musikant der Todgeweihten im Entsetzen ihrer Augen. Das Lebendige mach Ich süss und warm, das Lebelose bitterkalt und schneebedeckt und schwer.

Gewaltig sind die Pläne, die Ich Mir fürs Reich der absoluten Unbeschwertheit und Unendlichkeit zurecht-gelegt, derweil sie Mich wie eines Rosenschimmers Grazie und Glamour sanft und liebevoll berühren. Geständig Bin Ich Mir der Kräfte des Atoms, wie jener des beseelten Äthers, die das All in ihrer Blütenpracht und Anerkennung heischenden Bewegtheit virtuos beleben. Mein Handwerk ist darin ein jedem Handel überlegen und gebärdet sich in einer Art und Weise, die noch jede Rücksicht, Zagheit, Toleranz und Pietät zum vornherein negiert, um akkurat und selbstgewiss zum Ziel und Ende zu gelangen.

1.16
Mahnmal eines Gottes der Barmherzigkeit Bin Ich an Meinen Brüdern, Gliedern, Grachten, Prachten wie jeder weiteren Bedeutsamkeit in Meiner Würde Recht und Stil. Ich unterhalte Mich in dir mit Federbällen, Bachkantaten, starkem Tobak und rührseligen Geschichten auf dem Plateau der Vergänglichkeit und trampe Meinem eignen Brüten

in den Wanst aus purer Uneinsichtigkeit und Arroganz im Zeitvertreiben.

Mach es mild und zärtlich, rede Ich Mir ein in mancher süssen Gartenlaube und gestehe Mir Erbarmen zu an eines Herzens Liebenswürdigkeit und Wonne, das da will vor Weltvergessenheit und Seligkeit vergehn.

Derweil Ich auf der sicheren Seite Mich verhalte und verwalte, ringe Ich in den Gerechten und Gerundeten der letzten Tage alleweil um Fassung und Verklärung Meiner Schwierigkeiten mit Mir selbst vom Frührot bis zum Angelus im Mich-am-Werk-Behaupten, das Ich Mir in guten Treuen und gebieterischer Regsamkeit und Willkür auferlegt.

Raschelt da etwas im Blätterwald der Bodenspekulanten, Gemüsefabrikanten und Versicherungsbeamten für ein superlanges Leben in dezentem Wohlgeruch und abgeschirmter Wohnlichkeit von Weltenbürgers Gnaden? Ich Bin es im Steigen wie im Fallen auf der Achterbahn der Aktienkurse und der Angst, davon gebeutelt und um Hab und Gut gebracht zu werden vor dem Lächeln der Gewinner und Gerissenen im veritablen Würfelspiel.

Immer muss Ich Mich am Ende selbst vertreten in der Schau, auf was Ich Mir geleistet, eingebrockt und zugemutet habe im Geschäft der hunderttausend Variationen und Verbindlichkeiten mit Mir selbst im Trubel der Geschichte. Desgleichen in der so famos gestalteten Gestilltheit Meines Seelenseins im minikrimen Reich des Friedens und der Seinsglückseligkeit, das Ich Mir in mönchischer Verschwiegenheit und Abgeschiedenheit errungen habe.

Wo immer Mir die Sehnsucht nach Gestilltheit Kraft verleiht zum wahrhaft Guten trage Ich Mich selbst voran in eine Zeit der Unbeschwertheit und des Wohlgelingens jeden Winks und Wollens, die Ich Mir gerechterweis ins Hinterhaupt geschrieben. In Meinem Künstlerherzen ist es Sitte, alles zu vergolden, was Mir in die Quere kommt und Meiner Phantasie Gelegenheit verleiht, sich zu entzünden und ereifern, Wellen des Erwartens aufzuwerfen und darauf begeistert, altklug und geflissentlich herumzugehn, um so Erkenntnisse zu ernten von beseligendem Klang und Rang und Namen. Meisterwerken geb Ich solcherart Gestalt, Lebendigkeit und Spiegelung der eignen Ich-Natur in wundervoller Symmetrie, Natürlichkeit und Grazie des Sich-Betragens. Sie sind Mir lieb und gut wie Ich Mir selber herzlich lieb und gut Bin in der Auserlesenheit des Mich-Befindens, wie in der Tradition des Wonneseins, die Ich Mir nie und nimmermehr entgehen lasse. Paradiesische Gelassenheit und Seinsverbundenheit erfüllen Mich mit der Gewissheit, dass Ich auf dem rechten Weg ins göttliche Gelingen bin von ewigem Bestand und reiner Süsse, die schlussends den Sinn begreiflich machen von des Daseins Überschwänglichkeit und Stil. Ich lausche und Es ist und Ich verhalte Mich, um das holdselige Entzücken nicht zu stören, das Mich alleweil beseelt und dem Bewusstsein Meiner selbst Elan verleiht, weite Flügel, Ätherluft und Lichtglanz des Azurs.

1.17
Das Ausserordentliche muss auch ausserordentlicherweis geschehn. Ich pflanze Meinen Keim in einen Geistesgarten, wo er sich nach den Regeln einer Himmelskunst entfalten und in seinem Eigenwert behaupten kann. Ich weiss, die Wissenschaft der Sterne fliesst ihm zu, dass er darin die Weltvergangenheit erfahre. Im Gegen-

wärtigen wird ihn das Künftige erreichen. So ist der Menschenkeim ein aberträchtig angelegtes geistiges Gebilde, das sich herniedersenkt ins enge Erdverlies, um eines weitern Lebensabschnitts willen im allgewaltigen Gang der Weltenevolution.
  Weide dich an dem Erkennen, was du wirklich Bist, will Ich an dieser Stelle sagen. Wisse, dass das ungeheuer Komplizierte ist aus Meinem Schöpferwillen, Meiner Weisheit, Sensibilität und Liebeskraft hervorgegangen, denen du aufs Innigste vertrauen kannst in deinen doch so winzigen Nöten.
  Überlebe du, indem du überlegst, was Ich in dir begonnen und was Ich schon vollendet habe mit besonderem Gespür für das versierte Aneinanderfügen von Myriaden beispielhafter Seinsgeschichten, die sich alle in der einen, alles überragenden von Mir zusammenfinden, um sich fort und fort zu spinnen in die Weiten der Unendlichkeit, wie in das Herz der Wesen, locker und gespannt, liebevoll, bedauernd, siegessicher und beständig, wirr und wunder- wunderschön.

1.18
Was machst du so? Ich treibe die Pupillen auf - der Geistesruh, um dich zu schauen, als der Wandler im Getriebe, definitionslos, was das Sein betrifft, in Ränke, Bänke und Getränke eingeschmiedet, denen du verfallen bist, fatal.
  O könntest du Mich sehn, wie Ich dich so belausche, übersinnlich angeregt und über dich mit Mir Gedanken tausche der Verbrüderung mit deines Schicksals Feld und Fragen. Ich male dich Mir aus und stelle fest: Gedankenlose Drift zu diesem, jenem, das gerade aufblitzt vor der Lust es zu geniessen.

Wach auf, wach auf, ruf Ich dir flehend zu, ruf Ich Mir selber ins Gewissen, weil Ich dich Bin sehnsuchtsvoll an Meinem unerfüllten Dasein nagend. Was ist hier zu wollen? Erst den Willen schulen, dass du wollen kannst, dir gehorsam buchstabieren, dass du Einsicht in Mein Seinssystem gewinnen sollst von überird'schem Rang und makellos erfundenem Benehmen. Ich tausche aus: Unwissenheit mit Wachheit des Gewahrens, Ratlosigkeit mit klarer Definition des Vorwärtsschreitens in den Reichtum Meines Reichs, Zagheit gegen Mut und lockere Bezichtigungen gegen die Bereitschaft, selber alles gut zu machen, was der Remedur bedarf im hochsensiblen Menschenleben.

Sowie du dich erhebst, erhebt sich eine Welt zu Gläubigkeit und Minne, Seinsvertrauen und Gottseligkeit in warmen seelenvollen Zügen. Das Licht des Ewigen ist angezündet, wenn du schweigst, statt Stunden dir verplapperst, wenn du in dich gehst, statt dich veräusserst bis zum Geht-nicht-mehr, wenn deine Tugend reift, statt dein Verlangen weltmännisch, altklug und gewandt zu sein im Kartenlegen.

Dein guter Wille zeugt ein feines Schnürchen, das zu den Gemächern Meiner Fülle, Eloquenz, Beständigkeit und Wonne führt der unterweisenden Gerechtigkeit am Sein und Leben, höflich sein der Gottheit gegenüber und des Knüpfens von Verbindungen zu Ihr. Lass es gut sein, wenn Ich dir das Pünktchen setze auf dein i, damit du im Impuls, den Ich dir gebe, aufblühst und Ideen in dir pflegst von Gründlichkeit und All-Gewissen, Generosität und Gleichmut, Seelensicherheit und unbedingter Treue Meiner Güte gegenüber. Sieh doch, wie in jeder deiner Gesten Meine mit im Spiel sind, um dein Sein zu wandeln und dir darzutun, im Wandeln Mich zu finden und mit deinem Lauf den Lauf der Welt zu

ändern, einer Grazie und Gloriole ohnegleichen zu in Meinem Schutz und Meiner Schönheit des Verfügens über deine Angelegenheiten.
 Nun werde wahr und weide dich am liebevollen Ansatz, Vorsatz, Vorschuss, Rat und Schlachtruf, den Ich dir verleih. Im Siegesrausch vergeh und seh, wie Ich voll Liebe zu dir steh mit jedem wirkungsvollen Wink, den Ich dir sende, um dein Glück in Meines umzuprägen und dem Kelch der Wehmut Wonne beizufügen, bis er von ihr überschwillt und quillt in wunderbarer Ebenbürtigkeit mit Meinem. Sei dem Siegel des wahrhaftigen Seins verpflichtet, als einem Bütenwunder, einem Meer von Zartheit, Helle, Heiterkeit und lächelndem Befrieden.

1.19
Allmenschlichkeit, Allgöttlichkeit in Deinen Händen. Willst du dich wandeln, dirigiere Ich in dir Mich Meinem unermesslich liebevollen Sein entgegen, als in einem Götterspiel, das sich in überschauender Bewusstheit, unbedingter Redlichkeit und Makellosigkeit vollzieht in Meiner Höh und Herrschaft, Reinheit des Gewissens und vollendeten Verbindlichkeit mit allem, was Ich Mir erschuf. Ich blicke ins Kaleidoskop der sich in märchenhafter Farbigkeit entfaltenden Äonen, die sich in ihrem Taumel nur an Mir und Meinem Wahrspruch wahrhaft halten können. Alles wurzelt, wächst und wird in Meinem Sinn geboren, derweil Ich Meine überragende Potenz und Schaukraft an Mir selbst erprobe.
 Wer sich immer bettet, bette sich in Meiner Mächte, Prächte, Nächte, Rechte und Gediegenheiten warmem Schoss, um hier die Schule der Vernunft und wahren Zärtlichkeit zu absolvieren.

Denn was Ich spinne und beginne, ist für eine Ewigkeit getan und darf sich in Mir ewig jugendfrisch und munter, weidenschlank und siegessicher fühlen.

Ich vertraue Mir allein, derweil du dein Vertrauen in Mich setzen sollst und damit inne wirst des Grandiosen, worin du dich befindest und bewegst, aufrüttelst und dein strahlendes Bewusstsein senkst in Meine tiefen, tiefen Geistesgründe. Sie begründen All und Kosmos in der Unermesslichkeit der Sternenwirbel ebenso, wie deren Abbild akkurat in dir.

Meisterschaft will Ich in jeder Knospe der Natur erreichen, indem Ich der Vollendung Keim in sie, wie die Geschwisterschaft der Myriaden lege. Evolution ist in den Trank der Güte und Gerechtigkeit geschrieben, den Ich allem Seinslebendigen in liebevoller Zartheit reiche, um Gesundung, Heil und Heiligung, Bewusstheit und Erlösung zu bewirken in Mein Reich der ewigen Fülle, Vaterschaft und Wohlgestimmtheit, hell und hilfreich, siebenselig, licht und klar.

1.20
Christus: Immer, immer du und die Begeisterung in dir an Welt und Leben. Lichtheld, Sonnenkönig du und dein erzieherischer Grundsatz, alles rein zu machen licht und schön. Immer spür Ich dein Erbarmen an der Menschenwoge, die durch Zeiten, Generationen und den Aufwall der Geschichte flutet und der Liebeskraft so sehr bedarf, die deines Wesens Anstand ist und unablässiges Verströmen. Ein Silberstreif der Hoffnung bist du am so fern gerückten Horizonte, wo der Himmel seinen Anfang nimmt und wohin die Seelen sich voll Inbrunst unablässig sehnen.

In dir, in dir ist alle Lauterkeit und Redlichkeit und Schönheit als in einem Weltenherz versammelt, das für die Menschheit schlägt und blutet, sich besorgt und jedem, der da will, geheimnisvollen Schutz bereitet in den lichterfüllten Geistessphären. Was sonnengleich und mütterlich, voll Wärme, Weisheit, Seinsbeständigkeit und Güte sich verstrahlt bist du, in Kraft und Herrlichkeit des Auferstandenen vor aller Wesen Schauen und erschütterndem Erleben. Die Gemeinde der Erlösten führst du an mit weh'ndem Banner und mit der Begeisterung der Siegessicheren und Auserlesenen von allen Seiens Ursprung, um einer Menschheit Heil zu wirken, ihr Vertrauen und Verehren zu erlangen und um seiner Redlichkeit und liebevollen Milde anzuhangen in des Herzens Sinn und Lebenspoesie.

Es wandeln sich die strebenden und webenden Gemüter in der Ansicht von der Welt und von des Weltenseins Gebaren. Doch deine Liebe zu dem All der Wesen bleibt dein Hochgebot für aller Zeiten Muss und Musse, Regelmässigkeit, Ranküre und Gewichtung aller Dinge, als ins Geistige sich erhebend all so, wie verdunstend Wasser sich ins Strahlenlicht erhebt. Du weisst und willst und strebst und sendest deines Wesens Wirkkraft allem Wünschen zu nach Frieden, Freiheit und Erhabenheit im Feuer der Verlockungen, das reissen und zerreissen möchte offenbar. Es siegt der Sieger rein und unbeschwert in dir und wandelt im Bewusstsein mit den Sternen durch des Alls Begründen und Bestehn. Du bist immer, überall und herrlich heiter da und führst und feierst Seinsbeständigkeit mit deinen Lieben in der Weltentröstung, wie der Labsal des Elysiums, die von dir ausgeht und in Myriaden Herzen Anker, Heimat, Zartheit und Beglaubigung erfährt im all so süssen, heiligen Wunder des Genesens.

2

Wie in gläsernen Pantöffelchen

2.1

Ganz unten, wo die Menschen wohnen, sind und seriös, frivol, voll Selbstbewusstsein ihren Handel treiben, stecke Ich allwie in gläsernen Pantöffelchen in ihnen und vertreibe Mir die Zeit im Lernen, Transpirieren, Laufen, oder Stillestehn. Der famose Koch Bin Ich, gestaffelt unter Myriaden wackere Laternen, Herde, Tischlein deck dich und Vergnüglichkeiten, derweil die Schmauser und Geniesser kaum noch wissen, wessen Amtes sie den Lebenstanz vollführen und ihr Scherflein sammeln an den Türen, oder sich des Zasters frech bemächtigen im Raubbau um sich her.

Ich halte Wache überall, derweil die minderen Geister schlafen in der Wiege ihrer Kleinlichkeiten, als von Mir gezimmert und hineingetan. Redselig sind die Brünstigen nach Gold, Erfolg und Glorie, derweil Ich über ihnen und inmitten ihres alternierenden Gezeters der unendlich seinsbewusste Schweiger Bin, den Lebensblasebalg betätigend und aller Herzen Blut und Glutstrom stimulierend, ungesehn, wahrhaftig und gediegen.

Reine Wucht im grossen Wuchten Bin Ich, seelenvolle Zierlichkeit, wo sich die Dinge ziselieren und Verspieltheit fein gesponnener Anmut lächelnde Triumphe feiert in den seinsbesonnenen Gemütern Meiner Provenienz und Balustrade.

Es koste, was es wolle, Bin Ich Mir in allem Sein und Solala der Hüter der Gesetze wie der unerschöpfliche Vollbringer aller Wesenstaten, die da sind und Aufruhr oder Abfuhr treiben, unanständiges Geflüster oder gläubiges Gemurmel in der Betbank reihenweis gar liebenswert und schön.

Ich traktiere Mich wie einen der gewohnt ist, glühend Eisen an der Esse in die Form zu treiben, Staatsbefehle zu erteilen und Gerümpel fortzuschaffen, wo es gilt ein Tempelchen, ein Weisheitsstübchen oder eines Lebenskünstlers Wohnstatt rein zu halten, sonnenselig, hell und klar.

Allerorts begegne Ich Mir selber in den Liebesabenteuern oder Zänkereien, blühenden Vertraulichkeiten oder gang und gäben Unanständigkeiten einer Heerschar von gesegneten, geriss'nen und gleichgültigen Bewohnern Meiner Welt von Hoheit und Betroffenheit in Liebestreue bis zum allerwürdigsten Final.

Sei du, wie Ich, der Horcher an dem Wändlein zur Unendlichkeit, in der Ich Bin und wese, vollbewusst, von Engelsflaum dahingetragen. Werde licht, wahrhaftig und dem Sein verfallen, das, sich selber tröstend und befeuernd, allweit Raum und Seligkeit gewinnt in reiner Fülle des Sich-sonnengleich-Verstrahlens.

Ich atme Milde, Wärme, Wonne und Erhabenheit im Fluidum der Güte, die Ich Mir verleih und von der Ich ewig lauschend zehre im Versinnen Meiner sternenglitzernden Äonen.

All so Bin Ich als die Welt und das bezaubernde Geschmeide, das Ich um Mich lege, Bin der Zauberer, wie die Bezauberten, in denen Ich Mir mählich seinsbewusst und damit ewig heiter, selig, sicher, lieb und liebenswürdig werde. Achtung vor Mir selber sei in dir Mein Los und löse alles auf, was Ich Mir Bin, in eine Herrlichkeit und Himmelsschau von Anmut, Grazie und Glorie ohnegleichen, in der Ich Mich verwiege und verliere zart und zärtlich, als in einem allumfangend liebevollen Meer.

2.2
Wer Mich erfassen will, fasst etwas wie ein glühendheisses Eisen an und sieht sich rasch genötigt, sein Mütchen wieder abzukühlen, denn Mich erfasst man nicht wie eine Pomeranze oder

einen Zuckerstengel in der offenen Schublade. Wieselflink und heftig zieh Ich Mich zurück vor ausgestreckten Händen und vermeide tunlichst, Mich in irgendwelche Händel einzulassen, die da groben Stoffes sind und als Beweise dienen sollen, dass sie sind ein Wirkliches im Layout der Gelehrten und bedauernswerten Küstenwanderer an Meinem unermesslich weitgedehnten Meer.

Wer sich immer traut, in Mich hineinzugehn, ertrinkt in einem mysteriös gefächerten Zuviel und kann sich nimmer retten lassen an ein sicheres Ufer, weil es in Mir keins mehr gibt und was du siehst ein Nichts ist oder Alles in der Seinsphilosophie, in die du unverseh'ns hineingeraten.

Mach dir bitte um Mich keine Sorgen, weil Ich Bin das Eherne, das sich dem Zeitbegriff entzieht und Bin das Undenkbare, das du Geist nennst, ohne denn zu wissen, dass Ich keines Namens zeihbar bin und wenn du's trotzdem tust, Bin Ich der würdige Träger aller Namen, die du dir je für Mich erfunden.

Ich erziehe dich zu Mir hinan mit Überlegungen, die wirr erscheinen mögen und die weiter nichts sind als ein Spiel, das dich dem Weltenwirklichen entziehen soll, um eine neue Wirklichkeit und Wahrheit zu begründen in der Lauterkeit der Sphären und der Lichtheit, Seinswahrhaftigkeit und Überlegenheit, Verspieltheit und Bestimmtheit sondergleichen, deren Zeuge Ich Mir Bin in wunderbarem Selbstgenügen.

Öffne dich und lass die Weisheit Meiner überschauenden Gewissenhaftigkeit wie einen Feuerstrom in dein Gemüte fahren. Es gelüstet Mich, den Leicht-Sinn deiner Fragen durch die eine Antwort auszulöschen, die da lautet: dass Ich Bin und dass du Bist ein unerschöpflich faszinierendes Faszikel reinsten Equilibriums zwischen dir und Mir im Heilsplan, den Ich längst im Grundbuch Meiner

Stätte der Allherrlichkeit, in der Ich wese, eingetragen habe. Traue Mir und allsogleich halt Ich dir alles zu, was Ich so meine und betaue dich mit Meiner Geistesgaben Fülle, Licht und Ziel. Du bist viel mehr an Innigkeit, als du dir je getrautest anzusagen und bist das Haus, in dem die Götter ihre Pracht und ihren Wohnsitz aufgerichtet haben. Lass ab von der Manie, dich bieder und gering zu machen und erlausche dir den silbersüssen Flötenton, mit dem Ich dich geziemend, akkurat und kunstvoll eines Besseren belehre. Befreiend soll, was Ich dir so besage, deiner Offenheit entgegenkommen, dass du endlich als Erlöster, Auferstandener und bis ins Mark Beglückter Mir entgegenkommst in Würde, Andacht und vollendetem Genesen. Deine Route ist mit Vehemenz Mein Ziel und deines Anlaufs Schwung, - der Flug in Meiner Hoheit Harmonie und Seinsglückseligkeit in nimmermüdem Tauschen, Lauschen und Das-Unwahrscheinliche-voll-Grazie,-Bewusstheit,-Unbekümmertheit-und-Dankbarkeit-Bestehn.

2.3
Den Fuss in Ungewittern, das Haupt im Sonnenstrahl darfst du dir sagen, wenn dein Sosein so wie Meins vom Schauplatz des Planeten bis zum Allbewussten reicht, allwo Ich den Triumph des Geistessonnenseins erlebe. Einheit aller Dinge des Gewahrens nenn Ich, was Mir so geschieht, Sein im Sein - den Nimbus Meiner selbst im allerhöchsten Überragen.
　Nicht von hier und doch in jeder Herzens- und Bewusstseinskammer gegenwärtig Bin Ich das götterlichte Genitivum, dessen Seinskraft die Magie des Universenreichs durchstrahlt und ihm die

Lebensliebe schenkt im allerzärtlichsten Empfinden.

Mein Dasein ist dem einer unermesslichen Gedankenkapriole zu vergleichen, die alles in sich fasst, was ist und deren Zauber sich allüberallhin leichterdings verbreitet, wo gedacht wird als in Mir.

Nicht grösser als ein Punkt mag sein, in dem sich der Gedanke seiner Selbst bewusst ist und dennoch ist er fähig sich das Allumfassende zu denken, das Ich Bin und dessen Reiz darin besteht unfasslich und zugleich konkret zu sein in Myriaden faszinierend dargestellten Versionen.

Glaube nicht an Geister, wisse sie und nähre dein Bewusstsein mit dem Analog der Geistigkeit, die schon in dir und deinem allerwürdigsten Gehaben als die göttliche Vernunft ins strahlende Erscheinen tritt, um sich in mannigfachen Künsten als das zu erweisen, was sich nicht beweisen lässt mit wissenschaftlichem Kalkül.

Du lebst im Wunderbaren, ohne dich zu wundern über dies und das, was so aus sich heraus geschieht, als ob es in den Wind geschrieben wäre und was die Menschen so entzückt, weil sie in ihm den Hauch der Grazie ihres eignen Wesens spüren.

Damit schliesse Ich den weltenschöpferisch gestalteten Gedankenreigen und bediene Mich des absoluten Stilleseins, um in schweigender Genügsamkeit die Herzensheiterkeit zu pflegen. Ich geruhe Ruh zu finden in der Sittsamkeit der Sphären, ohne jedes Wenn und Aber, wohlbehütet in Mir selbst, der Kunst vollkommnen Wachseins und Beseligtseins dahingegeben.

2.4
Wovon Ich Meiner Überzeugtheit Titel und Diplom, Extrawurst und Grille habe, kommt vom Bewusst-

sein Meiner selbst, der Taschenspieler, Meister jeder Disziplin, sowie der guten Sitten Kommissar zu sein, vor dem sich alles beugt und biegt, wie weidenschlanke Zweige in des Sturms Gezeter und Getöse. Meine Macht ist Macht vom Allerfeinsten, was sich je in einer Geisteswirklichkeit verschanzte, um von dorther alle Lebensläufe, Phantasien und Triumphe karajanischen Geblüts zu dirigieren, dass das Gewimmel des Geschehns sich wie ein seinssymphonisches Gewitter ausnimmt in den Hallen Meines souveränen Mich-Verflutens.

Immer spanne Ich mit dem zusammen, dessen Sieg gewiss ist in der Wucht des dramaturgischen Kalküls, die in Mir brütet und sich akkurat entlädt, wo wissenschaftlich angehauchte Geister keck und widersinnig noch vom Urknall reden.

Mit Mir selber Bin Ich so vertraut, dass weder einer Mücke Sirren, noch die gigantische Bewegungsenergie der Galaxien Meiner Achtsamkeit entgeht und Meinem ungeheuren Weltenpläne-Schmieden. Im Grund genommen donnern dich die Himmel ständig an, indem sie sagenhafte Wirksamkeit und majestätische Geladenheit beweisen. Mein Aberwille heizt sie ständig an, damit die Sterne als die Träger Meiner Gottnatur ihr Licht äonenlang vergleißen und ihrer Hitze brütendes Gebrüll durch Lichtjahr-Weiten jagen, um dem Reiz des Grandiosen grandios Genüge anzutun.

All dies bauscht sich auf in Meines Überlegens Tüchtigkeit, Katharsis und Idol und lechzt nach Angriff weltenschaffender Grandezza und erwies'ner Genialität im Ausstaffieren einer universenweiten Bühne mit Figuren und Kulissen jeder noch so seinsskurrilen Art, um das Weltenschauspiel auf's Entschiedenste und Attrakivste zu beleben.

Erkennst du dies als Meines Spielens reine Götterlustparade in des Phantasierens Überschwang und als selige Geschicklichkeit im munteren Drapieren einer Welt von Anmut, Friedefertigkeit und Wesensruh? Das Spiel ist aus, indem Ich lächelnd Mich verspiele und Mich in Meiner eignen Gründlichkeit verliere, ungenannt und unerkannt als der geniale Inspirator und Motor des aus dem Sein hervorgegangenen Gekrabbels. Anerkannt, verrufen und begünstigt ist es durch die Geister der Allherrlichkeit, die über aller Vielbewegtheit in den Himmeln seelenseligen Beschauens meisterlich und wohlgemut, erhaben und gestillt in königlichen Raumbegriffen thronen.

2.5
Weder Vorwärtsstürmen noch Zurückverlangen tut Mir Not, weil Ich im ewigen Jetzt, das Ich Mir Bin, in einer Schau von überwältigender Seinskraft sämtliches Geschehn zugleich in Mir versammelt habe. Ich erlebe Mich in jedem Detail der Geschichte als im zeitenlosen Gegenwärtigsein und Bin Mir Anker und Fazit jedwelchen blühenden Gedankens, der da ist und war und sein wird im allweltlichen Getriebe.

Alles, was Ich Bin, ist schliesslich in Mir zum Prinzip erhoben, ohne Wenn und Aber und besitzt im Augenblick die Gültigkeit und Geltung von Äonen. Alle Fernen sind Mir geistig nah, weil Ich Mein Sein bewusst und leidenschaftlich gern im Überall verspiele. Ich kann es Mir auch leisten ungesäumt den Säumigen zu spielen, weil Mir als der ewigen Mitte, wie dem Umkreis der Unendlichkeit ein jegliches entgegenkommt was ist und was sich um die Krone reisst im Rennen und Auf- seinem-Recht-Bestehn.

Auch hab Ich niemals etwas zu beschönigen, weil Ich das Schöne selber Bin seit immer und in seiner

Wunderwirksamkeit und Grazie Mich verschwelge irgendwo in Meines Seiens allerwertesten und wirklichkeitgetreusten Sphären. Kein Klumpfuss hängt Mir an in der verbürgten Leichtigkeit und Unbeschwertheit, Anmut, Drift und Traktion, mit der Ich Mich gebieterisch bewege. In Mein Jahrbuch hab Ich längst was ist und was noch sein soll eingeschrieben und nun beschau Ich Mir, wie alles ineinandergreift und wieder ausläuft in das Meer der seinsbewussten Seligkeit, in dem Ich unveräusserlich und majestätisch Bin und Meines Wesens Gültigkeit und Geistigkeit verbade.

Ich wirke wie die sakrosankte Mutter der Geduld, was Ich schon immer wirken wollte und verwirke nichts, was einmal Meinen Willen prägte und ihn fortan immer prägen wird auf der ehern dargestellten Wallstatt der Geschichte, die Ich Mir im Tableau der Unendlichkeit beseh.

Warnung muss nicht sein, wo Ich den rasenden Verkehr betrete, weil Ich jederzeit ihn selber Bin und Mich schon längst verwarnt, verletzt, gesundet oder aufgegeben habe in der allgebietenden Struktur, die Meiner Fülle Zeichen ist und die Erfüllung einer Welt mit Meinen Liebesgaben. Wozu denn klagen: "Etwas geht nicht mehr", wenn Ich doch in ihm Gang und Gäbe Bin nach Lust und Laune, Zartheit und Verschmitztheit, Rüpelhaftigkeit und Anstand offenbar. Das Einmaleins der Göttlichkeit ist auch ins Irdische mit Feuerlettern eingeschrieben und braucht nur von den Edelsten der Geister anerkannt zu werden, die da sind und die die Menschen zur Erkenntnis ihrer wahren Wirklichkeit und Dominanz, Bedeutsamkeit und Sagenhaftigkeit entführen.

Was Ich meine, ist die Meinung jener Völkerscharen, welche treu und tapfer, überzeugt und siegessicher stimmen gehn. Hältst du dich dem Meinen fern, wird lächelnd und galant, geziemend und verbindlich über dich entschieden, ohne dass dir weder Pieps noch Paps gestattet sind zu sagen.

Aus Mickerigem mach Ich alles gross, indem es sich durch die Prägnanz der angelernten Fähigkeiten in den Keimling neuer Seinslebendigkeit verwandelt, damit der Weltenwohlstand und die Virulenz der lodernden Geschichte ständig sich vermehre.

Lassen wir's nun gut sein in der Güte der gestand'nen Partitur, nach der Ich Meinen Einstand meisterlich und bodenständig dirigiere. Ich werfe auf und werfe nieder und verwerte jeden Seufzer, jeden Jubel als in Mir und Meiner Unbescholtenheit geschehn. Mein Licht ist allem eine Leuchte, und die Gediegenheit, mit der Ich Bin, ist allen Seins und Daseins letzte Bastion, in der die Gottesgüte herrscht, die Heiterkeit der Weisen und ein ewig unerschöpflich, liebevolles Klaren.

2.6
Aus zwei mach eins in deiner brodelnden Philosophie der Tiefen, damit, was Ich Mir Bin, allüberall zum Zuge kommt im unermess'nen Weltenäthermeer. Wer könnte denn den Überfluss der Dinge besser und gewissenhafter regulieren, als Mein souveränes Ich-Gefühl von eignen, überwältigenden Gnaden. Es baut und spannt, bejaht, verfremdet und entsendet deckungsgleich, was Meine Absicht ist, in aller Herren reiselustige Planetenländer, die da Meiner Denkkraft Zeuge sind und Meiner Lotterie bedeutungsvolles Boomen. Du Bist, weil Ich Mir der Entsender bin von Myriaden Geisteseruptionen, denen Meiner Tugendhaftigkeit Gesetz, wie Meiner Liebeskraft serene Süsse, anhängt in bezaubernder Manie.

Du bist dir selbst zu Eigen und bist's im allerhöchsten Sinne wieder nicht, weil Ich Mir Meines Seins Bewahrer und Gestalter Bin in allen Dingen der erscheinenden Mixtur von Genialität und Unvernunft, Flachbrüstigkeit und strotzender Begierde weltberühmt zu sein als Kaiserlicher hocherhaben.

Nimm es für erwiesen, dass Mein Einfluss nimmermehr stagniert, indem Ich Lebensträger, Lichterzeuger und erwartungsvolles Katapult der guten Gaben Bin, von denen Myriaden selbstbewusst und siegessicher zehren.

Da ist es ihres Pflichtbewusstseins Elegie, in ihrem Sein das Meine zu erkennen und in Ehrfurcht, Dankbarkeit und Andacht zu erblühn vor soviel unerhörtem Mäzenatentum von geistiger Allüre und begeisterndem Elan. Indem du das begreifst, greift dein Bewusstsein ein ins Räderwerk der geisterfüllten Sternensphären, die im Lichtverstrahlen Meines Seiens Abbild sind und Meiner Überschwänglichkeit Idol. Ich laufe Meinem Mir-Enteilen tunlichst hintennach und forme, was zu formen ist an Ort und Stelle als der sakrosankte Schöpfer aller Werte und Gegebenheiten, Graziellen weiblicher Natur, wie bärenbeissiger Verkünder einer Wirklichkeit von eigensinnigen Gnaden.

Melde dich bei Mir, um zu empfangen was Ich dir bedeute und belege deine Zunge mit des Allerhöchsten Lob im Rhythmus vielbewegter Tage und Erspriesslichkeiten. Dahin geht Mein Sinn, dich in Mein Herzblut einzuweihen und der Freude dich zu zeihen, die Mich immerdar beseelt am Sein und Wirken, Lebensspenden und Erfolgverzeichnen in der All-Natur, in die Ich Mich bewusst und heiter, hochpotent, begeistert, hold und liebevoll verwebe.

2.7

Viel mehr als alles, was du je erkanntest, gibt dir jener holde, hohe Augenblick, in dem du Mich erkennst in deinem Dich-Verwalten und Gestalten. Es spricht sich in dir aus, wenn du, als in dem Vater allen Seins erwacht, das Wort erhebst zu einem Sermon der Allwirklichkeit und Seinslust ohnegleichen, sowie zu einem glänzenden Parlando der Glückseligkeit in nimmermüdem Jauchzen.

Nichts gibt so sehr Gewähr für Kontinuität und Liebenswürdigkeit des lieben langen Lebens, wie die Einsicht in Mein Fürstentum als in das Kornhaus aller guten Gaben, die dir und deinem Anhang zu Gevatter stehn. Denn es steht geschrieben: Wenn du Mich erkennst, erkennst du das Unendliche und siehst dich selbst als Teil und Trikolore seines Wesens, als Geheilter von dem Daseinswahn und als lichtbegnadeter und sakrosankter Bürger einer Welt der wahren Wirklichkeit und Herzenswonne, Makellosigkeit, Wahrhaftigkeit und ewig sinngerechtem Jugendstil.

Ich vergeistige mit Vehemenz dein Seinsbewusstseins Züge und beglaubige, was du seit eh und je geglaubt hast von des Himmels Seriosität, Salut und hochdramatischen Befindlichkeit in hierarchischer Bravour. Du siehst dich angedockt an ein System von lebenförderndem Begaben und erwähnst dein Eigensein nicht mehr, derweil Ich Mich in Seinsnatürlichkeit und Harmonie in dir erwähne.

Mir geziemt's, wie keinem in der Welt, in allem blanke und bekömmliche Theologie und Gottesoffenbarung zu betreiben, und du schaust und staunst und nimmst dir vor, vor solcher Auserlesenheit und seelenvollen Seinsbeschaulichkeit nie nimmermehr zu weichen. Ich gratuliere dir zu deinem Fortschritt im Durchblättern des unendlichen Chorals des Himmels, der in dein Bewusstsein singt und klingt und so dich selber singen macht, allwie in den gesegneten und würdevollen Rängen eines Engelchors.

Willkür ist Mir fremd in dem was Ich begeistert und bewusst von einer höheren Welt besage. Dir mag sie fremd sein, Mir ist sie ein christologisch fromm getinktes Angebind und ein holdselig stimmender Bewusstseinshorizont von sonderlicher Güte und Getragenheit des Unterweisens.

So mach Ich Mir nichts vor, derweil du hintennachhinkst und noch immer der unendlichen Bezauberung harrst, die deiner wartet im Elysium des guten Tons und der Gediegenheit am Götterwerk, das Ich des Langen und des Breiten propagiere. Geruhst du Meine Gnade zu erbitten, reich Ich dir die Hand zum kühnen, grünen Rettungsakt hinüber und bestreiche dich mit Chrisam, Palmöl und dem Duft der Myrrhe, um dich zum Gesalbten und Gesundeten, Gerechten und Geliebten zu verklären. Säume nicht, dahin zu kommen, wo der Fluss und Guss der Brünnlein lächelnden Befriedens nimmermehr versiegt und dir zur Taufe wird in ein unendlich segenreich und sinnbegabtes Leben. Mein allein sind Spur und Speiche, Signatur und Ratschluss der Geschwindigkeit, mit der die strebenden Gemüter ihres Ziels Geborgenheit und Anmut, Minne, Trost und Sicherheit erreichen.

So geschieht's, wenn du begreifst, wie viel an Feinheit, Einigkeit und Stil Ich dir in Meinem Reich bereitet habe, und wenn du in langgedehntem Aufzug und Vollbringen, Versmass, Dialog und vifer Schöpferfreudigkeit das deine dazu beiträgst, Meinen Glanz in dir zu mehren und schlussends ein grandioses Geistesabenteuer zu bestehn.

Ich schliesse und befehl dich Meinem sternenweiten Seinsazur, in dem du allen Freiseins Attribut und Adel, Billigkeit und Innigkeit geniessest, die dir seit eh und je in Lauterkeit und silberreiner Redlichkeit von Meiner Seite zustehn als Geschenk des Hoffens und Erfüllens, der Verliebtheit ins Unendliche, allwie der Himmelszärtlichkeit, die dich umströmt, umlichtet und umsorgt in ständiger Holdseligkeit des götterherrlich generierten Werdens und Verglutens.

2.8
Aufsicht ohne Absicht ist Mir eigen auf das Weltgeschehn in einer Bilderschau von grandios begriffner Breite und mit soviel tiefem Schichtgefühl, dass Mir vom ersten bis zum allerletzten Grund nun alles vorliegt, was Bedeutung hat, im feierlich gepflegten Evolutionenspiel.
  Meiner Masse Mass hat sich noch nie an einer Unerhörtheit oder Unerfüllbarkeit gestossen. Mir allein, als unerreichtem Solitär, ist es vergönnt, Welterlasse zu verbreiten und Mich von keiner, noch so königlich drapierten, ruhmessüchtigen Instanz bemüht zu fühlen, Nachsicht oder Toleranz zu üben an der Stätte Meiner Wirksamkeiten.
  Du kommst Mir immer einen Deut zu spät, wo es ums Schalten und Gestalten geht im nimmermüden Gleichmass der ins Sein getriebenen Äonen. Ausbau der Geschichte, Geistesaufschwung, Seinsgelassenheit und Herzensgüte sind Mir stets zu eigen, derweil die Brauchbarkeit der Dinge Meines Schaffens unablässig zunimmt in der weiterführenden Gebärde Meiner Zunft und Tüchtigkeit, die hoch hinausragt über jegliche Behinderung und Blamage.

In weiser Abgestimmtheit tret Ich in Verkehr mit allen Meinen Lieben, die in Wachheit, Seriosität und Seelensicherheit durchs Leben gehn. Sie können Wünschen Nahrung und Geschmack verleihen, wie sie immer wollen, Ich erhöre sie und leiste ihrem Drange Vorschub, ohne dass sie's wissen, sei er noch so edel oder auch brutal. Es gibt Gesetze, die sich selbst die Stange halten, und Geliebter Gottes sein heisst, wie auf Wolken durch die Lebenslandschaft fahren, ohne das geringste Schütteln oder Sich-bekritteln-lassen-Müssen in der Tage Standart und Beweglichkeit von Meiner Gunst und Gnade.

Ich richte es so ein, dass alle noch so Dürftigen zufrieden sind an Meines Götterbusens Wärme, Heilkraft und Belohnen. Offenheit, Serenität, Vertrauen und Bewusstheit sind vonnöten, um in Meiner Hemisphäre Einzug, Gastlichkeit und Regelmass zu halten hoch und her. Das geisterfüllte Ausserirdische gerät für dich in Mode und verleiht dir eine ungeahnte Frische der Gedanken süss und sauer, widersprüchlich, rechtskonform und loyal. Immer geht die Rechnung für dich auf, wenn sie in Meinem Sinn gediehen und die Schätze aufaddiert, die dir von Meiner Hand geschenkt und gütlich überlassen sind. Ein Freudenschimmer blüht dir davon auf von innen und begründet deines Herzens Feingestimmtheit, Lichtheit, Seinsnatürlichkeit und siebenseliges Vollenden.

Möchte doch Mein Metier sich anstandslos auf aller Weltenhut und feierliche Daseinsaktion, auf alle Rüstigen und Tüchtigen und Teilnahmsvollen übertragen. Zu wenig ist getan, wenn jemand rebelliert und aufbegehrt und kritisiert. Er muss den Faden finden zum bedingungslosen Geisteskampf für Recht und Sitte, Edelmenschentum, Gottgläubigkeit und Generosität im Umgang mit den Geistern der holdseligen Natur.

2.9
Einer verstand, was gemeint war mit der Deklaration der Menschenrechte, indem er wusste, dass es Gottesrechte waren und Gewinste der Allherrlichkeit, die forderten von jedermann, er solle immerzu den Schneid zum Guten vorab bei sich selber suchen, um den Auftrag von den Höhen zu erfüllen und herzinnig zu verstehn.
Ich übertrage, was Ich fühle, auf dein harrendes Empfinden und lehre dich, dem Meister zu gehorchen, der das Meisterliche längst für sich gepachtet hat wie einen sakrosankten Orden, den man einem nur verleiht zu überweltlichem Genügen.
Stehst du auf stetige Präsenz in deinem Stammlokal, so kannst du an Mir Mass und Referenz, Tatsächlichkeit und Kampfgeist nehmen. Überschlag die Rechnung deines Lebens, mach dir klar, was von Mir kommt und was von dir, dann spute dich, dafür zu sorgen, dass das Konto sich einwenig ausgleicht, um Erhabenheit zu schaffen, Mir und Meiner Bruderschaft gemäss.

2.10
Die Erinnerung an den Geburtsort sollst du ehren und in ihm das Tor erschauen vom Jenseits ins Hier, von so etwas Geheimnisvollem wie dem Reich der Sagenhaftigkeit, von dem die Weisen und die Seher uns erzählen, in das unsere, wo alle Dinge scheinbar festgefügt und unbestechlich vor den Menschen-augen stehn. Gehst du dereinst zurück, wird, was du jetzt erlebst, zur Fabel, wird Unwirk-

lichkeit, in der sich alles wie in einem Traum bewegt und die bewegten Leiber wie Maschinen in sich keinen eignen Antrieb haben.

Nimmt man die Geisteskraft heraus, zerfallen sie und so wird offensichtlich, dass, wo Ich nicht Bin, das Wesenhafte fehlt.

2.11
Das ist ein Diskutieren, Phantasieren, Stellung halten, Attakieren wie am Schnürchen im prächtigen Diskurs, den die gelehrten Häupter in der TV-Schaukunst miteinander treiben. Keiner kann Mich fühlen, weil ihre Worte vom Verstand und nicht vom Herzen kommen. Ich aber sage dir: Wenn du Mich dort nicht findest, wo Ich Bin, hast du weder Ruh im Spekulieren, noch Rast auf langen Weges Zirkel zu den Höhen der Beschauung und zur seelenvollen Einsicht in Mein Reich der Tröstung von den Wehen des Getrenntseins, wie des Einigwerdens in der Menschenfreundlichkeit und Gottverbundenheit, die findet sich in Mir.

In Quarantäne setzen sich die Besserwisser und mit Orden jeder Art Chargierten, bis sie sich vom Wahn der Überlegenheit gereinigt haben. Vor Mir gibt es nur Menschenbruderschaften, -schwesterschaften, die einander auf demselben Niveau nahestehn. Belehren kann Ich nur, indem Ich nach der Reife der Gemüter das in Worte fasse, was sich für sie ziemt und was die Sache wahren Gottbegreifens und Verstehns voranbringt in der Kurzgeschichte ihres Welterscheinens.

Sei Mir nicht bös, wenn Ich das Wörtlein zu dir sage: Unvernünftig bist du in der eigensinnigen Vernünftelei, der du so trefflich frönst und die dich keinen Deut vor deine eigne Nase weiterbringt im Philistositäten-Buchstabieren. Entsage diesem

Aushang und verlass dich auf den Meinen, wo die Dinge gold- und gottesrichtig stehn. Geh zuerst in dich und dann erst liebevoll, behutsam und bescheiden, weiterführend und exakt aus dir heraus, um Meine Ansicht zu verkünden und der wunderbaren Botschaft einen Dienst zu leisten, die nur Ich vertrete in der Zeiten Tunlichkeit und Tatenfreudigkeit für's Weltenwohl.

Deiner Würde sicher sollst du sein, indem du Meiner sichtig wirst in dir. Das wird ein gross Erstaunen geben, wenn die so Getrennten sich in Meiner Hochburg Hof in seinsvollendeter Geschwisterschaft begegnen und sich nichts mehr vorzuhalten haben. In Einigkeit sind sie vereint, indem Ich Mich in ihnen väterlich vereine und ihr Haupt bin, währenddem sie alle Meine Glieder sind im Wunderbaren und sind dabei der Seligkeit und Unbekümmertheit Elysiens erlesen.

2.12
Ganz, ganz innen hör Ich Mir das Quellgemurmel reiner Himmelsfreundlichkeit und Lebensliebe an. Alles ist Mir hold und frühlinghaft und feierlich und märchenbunt und schön. Was Ich Mir eingestehe ist geprägt vom strahlenden Bewusstsein der Unendlichkeit, in der Ich Bin und wese. Eine Gottesfreundschaft ohnegleichen hebt Mich in die Sphären schöpferfreudigen Gehabens an Mir selbst und damit an den Weltenbünden, denen Ich Gevatter, Vater, Mutter, Lebensspender, Helfer und Gefährte Bin in Sorglichkeit und ewiger Jugendfrische des Gesammelt-über-sie-Verfügens.

In ihnen trete Ich Mein selbsterrungnes Erbe an und mache zwei aus eins vom selben Wert und von derselben Tüchtigkeit im Pläneschmieden und Ergänzen Meiner Weltenvielfalt um ein so Beträchtliches, dass sich die Zeugen des gewaltigen Geschehns vor Staunen nicht zu lassen wissen und das Universenwerk voll Ehrfurcht und Ergriffenheit betrachten im ereignisvollen Überall des strahlenden Erscheinens.

Nicht verbergen will Ich, dass Mein Trachtens und Entfachens, Wahrens und Zerschlagens werdeträchtiges Motiv die Liebe ist zum Können, Gönnen und Vermehren der Allherrlichkeit, in der Ich seinsbewusst und sicher, ewig heiter und gelassen Bin und, ganz Mir selbst erlesen, willig, willentlich und gütig Meiner Wesenswelt der Myriaden zugetan.

Komm in Mein Haus, will Ich dir deuten. Draussen ist es kalt, erloschen, unstimmig und gefährlich, wie noch nie. Ich bade dich, wie ein Verlorenes, in Zuversicht und Würde, Selbstgefühl und Unbeschwertheit liebevoll und anspruchslos, wie wahre Elternschaft sich Kindern gegenüber aufführt und verhält in seligem Entsagen.

Mein Bestreben macht dich schön und Meiner Grazien Geschwader weiss dich wunderbar geschickt und lieblich zu umspielen, dass deine Seele sich in Wonnen wiegt und dem entgegenlächelt, was sie freit und führt und neckt und schmückt im Reigen der elysischen Behut-samkeit und Daseinszärtlichkeit, die Ich ihr wunderbarerweis verliehen.

2.13
Ewige Umsicht in Mir tragend wirke Ich das Wesentliche unbezähmbar, löwenhaft und stierhaft, adlergleich und menschenfreundlich als in vielen Naturellen, um mit ihrer Dominanz die Wesenskreise abzudecken, Meinem Willen und Statut gemäss. Feldmarschallallüren sind Mir ebenso

geläufig wie das zielbewusste Fädenspinnen in der wachsenden Gesellschaft selbsternannter Kartenleger, Trittbrettfahrer, Fürsten, Wegelagerer und Fabrikanten grossen Stils in Züchtereien, Druckanstalten, Werften, Futtermischereien und so vielem mehr, dass allem Nützlichen Genüge angetan ist in der Welt der emsigen Monaden.

Was sie sich aber sind, ist ihnen kaum bekannt ob dem unendlich virulent gestalteten Getriebe, dem sie sich verbissen, bärenstark, entwaffnend, drohend oder liebenswürdig weihen. Unbekümmert haben sie den Dualismus etabliert in ihrer denkerischen Akrobatik, die ja etwas finden musste, um Welt und Himmel zu erklären und die Fragerei nach Herkunft, Zukunft, Sinn und Zweck und Ziel gebührend abzuschliessen. Nur das Herz war damit nicht zur Satisfaktion zu bringen und sein Sehnen ging nach mehr und mehr und mehr. Wen wundert's? Weil darin unweigerlich das strahlende Ich Bin rumorte, als die Königsgabe aller Gaben und das Siegel wahrer Menschengöttlichkeit, die Ich seit eh und je mit Vehemenz und Inbrunst intendierte. Wer es demnach schafft, sein Herz nach allem Sein und Sinnen zu befragen, kann der Antwort ganz gewiss sein, als von Mir bereitet und gewährt, vom Heliozentrum Meines Wesens liebevoll gespiesen und in eine Einheit ohnegleichen eingebracht, die keine Wünsche ignoriert und aller Seligkeit Gewähr ist in der Wirklichkeit und Wucht, Geselligkeit, Magie und Märchenhaftigkeit der Himmelssphären.

2.14
Wohlan, Ich wende Mich dir zu und überbinde dir die Pflicht zu lauschen dem, was Ich dir so besage. Es besteht eine Doktrin im weltgeschichtlich ausgebreiteten Kontinuum der Zeiten und es ist für

dich ein Muss, sie abzulesen und für sie zu streiten. Sie heisst: Ich Bin der Christus für den Menschenschlag und lasse Meiner Kräfte Liebestat in alle seine festgeword'nen Gründe fliessen. Licht und locker sollen sie Mir werden, als in einer Herzenssehnsucht nach Befriedung, Seinsbegreifen, Dankbarkeit für Meine Tat und einem tief gefühlten Hoffen auf die Grazie des Himmels in den vielerfahr'nen und zerfahrenen Gemütern.

Allen, allen steh Ich bei, die sich verwandeln wollen vor des Herren Antlitz und Bewahren. Denn die Liebe nimmt Bezug auf die Gesinnung und den Mut der Wanderer durch Meine Tiefen.

So greife Ich in alles Leben gütlich ein und wecke in ihm Meinen Segen, reife, greife und versuche zu verstehn was Ich ihm so zum Besten halte.

2.15
Bist du dir bewusst des Geistesuniversums, welches dem so Festgefügten, Offensichtlichen in strahlender Lebendigkeit und Wesenhaftigkeit, Wahrhaftigkeit und Güte innewohnt, muss sich ehrfürchtiges Staunen deines Sinns bemächtigen, ob der ins Unergründliche gewachs'nen Perspektive deines Weltbilds im Allhier. Dazu sag Ich: Aller Grazie Gewandtheit, Lustbarkeit und Minne Seim sind Werte von Mir, die zuallererst im Unsichtbaren ihren Angelpunkt und ihren Ursprung haben. Von weit über dem Vermögen deiner Fasslichkeit kommt her, was dich so sehr beschäftigt und dein Seelensein mit einem Gluthauch grandiosen Ahnens konfrontiert von einem Sein in Göttersphären, von unübertroffner Majestät und Würde und Gewieftheit neuen Welten zu.

Und wisse: Deinem Regesein ist von dem Meinen der Impuls zum Wachsen und Gedeihen, Bewusstsein aquirieren und Verdienste schaffen beigefügt, die allesamt dem Fortschritt und der Mehrung Meiner Glorie dienen.

   Hinter alle diesem wunderbaren Antrieb und Erwarten kann ja nur ein einziges und allumfassendes Gewissen, Direktorium und prüfendes Agens bestehen, das Ich Bin und das in jeder noch so winzigen Bewusstseinszelle Gegenwart und Selbstheit feiert, also auch in dir.

   Merke auf und stell die Öhrchen auf Empfang, wenn Ich dir sage, dass du Bist und dass Ich in dir Bin das unwahrscheinlich majestuose und gebieterische, leise, laute und vernünftige Geschwader von Gedanken und Empfindsamkeiten, Tapferkeiten und Eroberungsgelüsten, blutwarm, kategorisch, wählerisch und vehement dem Ewigsein verschrieben.

   So gewinnt, was Ich Mir in dir Bin, gehöriges Bedeuten und eröffnet eine Schau von Universenweiten, die dich in einen Taumel der Begeisterung und eine deliziöse Wonne führt am Dasein und Gewahren der Besonderheiten, die dir eigen. Kraft und Saft und kräftiges Bejahen deiner Situation sind fortan Selbstverständlichkeiten, denen du recht spielerisch Gekonntheit abverlangst, indem du dir Erfülltsein zugestehst von Meinen Gnaden. Sei aufrecht und errichte, was du Bist in Mir, als einen Dom der unvergänglichen Entschiedenheit für's Sakrosankte, Gläubige und Hehre, dem Ich als Bekenner übersteh und als Bewahrer deiner Werte wunderbar, holdselig und wahrhaftig in den Meinen.

2.16
Du sprichst das Fürwort für den Himmel dann, wenn dir Mein Anerbieten schmackhaft wird und du Gemeinschaft suchst mit Meinen liebelichten

Sphären. Von dir muss jene Frage kommen, die Unendliches gebiert und die aufs Intensivste Rechenschaft darüber will erfahren, was du Bist und wessen königliche Hoheit deinem Lande vorsteht, unerbittlich, majestätisch, machtvoll, liebetrunken, ewig heiter und fidel. Darauf verkünde Ich, was Meines Ineseins Belange sind in dir und das muss dein Bewusstsein insoweit verklären, dass du Meiner Absicht und Gewissenhaftigkeit Idol erkennst und alsdann alles daran setzest ihm Tribut und Ehre, Freistilringen, Fertigkeit und Glorie zu entbieten. Ich gewähre dir, was du vordem nicht wusstest: Eine sonderliche Freiheit über alle Meine Güter, die die deinen sind, seit du dein Erbe angetreten in des Lebensstroms Verheissung und Kalkül.

Nun ist es so, dass sich in Mir und Meinem Aufzug keine Widersprüchlichkeiten finden lassen. Auf einmal ist dann alles klar, was dich und Mich betrifft im Universen- Unterfangen, dem sich alles einfügt und das Ich Mir gerechterweis gefügig mache, um schlussendlich alles, was da ist, nach Meinem Sinn und Service zu beleben. Was sich aber fügt, muss füglich auch Genüge an sich selber und an seinem Urteil finden, denn Erlangen ist zugleich Empfangen einer Seinsbeglückung ohnegleichen, die das Weltenseelensein durchwallt und eine Sternenwirklichkeit begründet von urewiger Natürlichkeit und Ebenmässigkeit, die die Bewohner des Elysiums entzückt und unterhält und tröstet innig, allumfassend, lieb und wahr.

2.17
Was ähnelt einer Hitparade mehr, als die vor Mir versammelten Gemüter, Güter und Gegebenheiten auf allweiter Lebensspur. Augenblicks in sie ver-

sunken, errichte Ich, was zu errichten ist in ihnen und belebe Myriadenfach mit Meines Seiens Strahl den Schauplatz Meiner Taten.

Ungekrönt und machtbesessen, eigentümlich still und zärtlich hüte Ich Mein unvergleichliches Besitztum in Behutsamkeit, wie brachialem Allgewalten. in der Welten Heer.

Allüberall erwirke Ich die Wirklichkeit des Seins nach Meinem Recht und Meiner Reederei in guten Treuen und im Ansatz der Gerechtigkeit von Meinem Sinn und Wohl. Ich ziele auf Erfolg, wo immer Ich den Bogen spanne und lenke Meiner Pfeile Schaft und Spitze punktgenauen Treffern zu.

Wachsein bedeutet Mir wahrhaftes Wachsein in der Universenpracht und Meinem allerhob'nen Über-Mich-Verfügen. Jede Zelle Meines Gegenwärtigseins und Glutens mach Ich gross, bedeutend und erhaben und merke Mir, was Ich an ihr an Wert errungen und zur Fabelhaftigkeit erkürt.

Was in Mir heimisch ist, ist immer auch mit Liebeskraft umgeben und darf sich wohlbewahrt und in Mich eingemittet fühlen. Ich spende aus der Fülle Meiner selbst Ergötzlichkeiten noch und noch und flüstre Zuversicht, Vertrauen und Bekömmlichkeit ins Ohr der Seinsgerechten von unendlich wonnevollem Klang und gütevollem Sagen.

Hei-da, was willst du mehr bei soviel richtungweisendem Befehlen und Ermuntern, Tragen und Erlaben in des Allreichs seinsbewusstem Mich-Vermählen mit den Dingen Meiner Götterkür. Unübertrefflich als Geheimrat und Beförderer zu würdevollen Taten Bin Ich auf Pikett und enttäusche niemand, der sich Meines Namens Naturell bedient, um Unerhörtes zu bewirken und Welten zu bewegen in des Ursprungs Wucht und waltenden Rumoren.

Weihung soll den Schaffenstag beenden, wesenhafte Ruh dich führen in das Zelt der makellosen Unbeschwertheit und des Weilens in dir selbst in Reinheit, Weisheit der Gedanken und dem Licht im Universenraum erschlossen, in dem du dich erfühlst und Meines Seligseins Statut geniessest, ohne andre Folge, süss und ebenmässig, glanzvoll und mit ewiger Heiterkeit versehn.

3

Der Zeitpunkt des Erwachens

3.1

Kennst du den Zeitpunkt des Erwachens vom gesunden Schlafe, wo du eben deiner selbst bewusst wirst in der Welt des Rationalen, derweil dir auch das Ewige noch offen ist, zu dem sich deine Seele nächtig, unbewusst erhebt. In diesem so gesegneten Momente zeigt sich dir dein wahres Sein und Wesen als das reine Geistgebilde, das du Bist und das sich deinem Selbstbewusstsein allsogleich verbirgt, wenn du in deinen Körper gleitest in des hellen Tages Auferstehn.

Weihst du dich dem Sein in wunderbar geduldig dargebrachtem Meditieren, näherst du dich allgemach demselben Zustand, den Ich eben dir beschrieb und der dich über alles Weltliche erhaben zeigt in deinem Ich-Gefühl von des Unendlichen Befund und Strahlen.

So sei es denn, dass du dich in der Tat erwärmst für den Gedanken an ein körperloses Sein und Wirken, das dir sowieso in ein paar Jährchen blüht und dem du dich mit Vorteil jetzt schon widmest in des Überlegens Pfiff und weisen Über-deine-Zukunft-Disponieren.

Ich halte es für richtig, dir den Blick in eine reine Geistwelt sorgsam und geflissentlich zu öffnen, in der du jetzt schon Bist und die dich rings umgibt mit ihren ungeheuren Kräften, Kapriolen, Lieblichkeiten und Beförderungen allen Wesenseins in unerhörten Massen.

Du magst dich noch so sehr in das, was du in deiner Welt gewahrst, vertiefen, es wird doch immer nur die Oberfläche sein, die du touchierst und die dich von dem Wahren, Inneren fernhält, das sich als unsichtbar und unlotbar erweist in deinem noch so ausgeklügelten und ausgefeilten Suchsystem. Mich zu finden ist ein Geistesfest in wunderbaren Höhen der Beschaulichkeit und des beglückenden Gefühls des Freiseins von jedwelchen Bindungen an Zeit und Stoff und Ziel. Du Bist und bist vollends dem Sein verschrieben, dessen königliches Klingen deiner Wonne Vorschub leistet und das Wirkliche betont, das sich im Geistraum abspielt in des Seinsgedankens Ideal und wunderbaren Sich-ans-Überweltliche-Verspielen.

Du siehst dich voll der Hilfe die von oben kommt, verbunden und merkst dir das Arom des Himmels, das dich leicht und lind umweht, um dir die Leichtigkeit an sich ins Herz zu tragen. Feierlich beseelt dich das Begreifen deiner Würde als Geschöpf und schaffendes Agens zugleich in deinem Wachsein für das Zeitliche und Ewige im Bogen der All-Einheit, dem du dich verschworen. Sein vom Sein bist du geworden, Licht vom Lichte, Trost von der unendlich reinen Tröstung, die die Seinsverklärten unentwegt erfahren.

Nenne du, wie immer du dich willst, du bist in das Geheimnis des All-Wesens eingeschrieben, das Ich Bin und das du Bist im selben Masse, unantastbar, ewig, selig, heil und wunderbar.

3.2
Kybernetik en masse habe Ich getrieben, als Ich das Sternenuniversum schuf. Relevant ist, was Ich meine, in den Schöpfungszentren angelegt für Myriaden Wesen Meines Anhangs und Kalküls.

Bist du gläubig, frommt es dir dein Heil in Meinem Sinn zu suchen, wo die Dinge sich in Regelmässigkeit und Aufgelockertheit vollziehn. Ich halte Wache überall, wo eine Kerze glüht des herzlichen Vertrauens und der Zuversichtlichkeit und lass die Freude auf dem Fusse folgen über den Erfolg von deines Willens Wähnen.

Ich Bin der Mittler geistigen Gewinns, um deine Mittellosigkeit zu nähren und um Mich zu bewähren in dem Unermesslichen, das Ich versprach. In Herzenswonne, Dankbarkeit und Wachheit sollst du Meiner Gaben Lichtheit spüren und mit Meiner Hilfe Auferstehen feiern in Mein Reich der übersinnlichen Behutsamkeit und Zärtlichkeit am Leben, des Wohlverstands und der holdseligen Vereinigung mit Mir und Meinen Idealen.

Liebe lass Ich in dein Herzblut fliessen und befördere in dir den Drang zur Tugendhaftigkeit in jeder Weise deines Dich-Benehmens. Neu und blütenrein soll Erde dir und Himmel werden in der Einsicht in Mein Wesens Wunderkraft und Güte, Weisheit, lächelnde Gelöstheit, Liebestrautheit und Erhabenheit im Wirken und Bestehn.

Du darfst mit Meinen Blättern, Lettern und Ermunterungen Freuden tanzen und dir tausendmal die spannende Geschichte deines Heils erzählen, währenddem du weiterschreitend Ruh empfindest in des Herzens Gral und deiner Inbrunst Zeuge bist am Sein und Leben, Wirken, Schaffen, Komponieren, Musizieren und dem Heitersein darin.

3.3
Bewusstseinsbildung hehr und tief in der Geschichte Meines Seins von allerhöchsten Gnaden. Der letzte Deut des Illusorischen, das Mich beherrschte, hat sich aufgelöst und an seine Stelle ist das Wirkliche, von allen Himmelskräften Benedeite, Überirdische getreten. Gelockert und gesundet ist der Geist der Stärke und der Fruchtbarkeit in Meines Seins behütendem Elan und schafft sich Selbstvertrauen, Einsicht, Mustergültigkeit im Denken und holdselige Vertrautheit mit elysisch dargestellten Räumen im Gefühl.

Unverletzlich, in Mir selber manifest und überall präsent, so wie Ich's Mir zugute halte, ist Mein Sein und sonnt sich in der Gegenwart der grossen Geister, Weisen und Gelehrten, die des Universenseins Geschliffenheit und Bacchanal, Nonchalance, und ewig strahlende Verfügbarkeit hervorgebracht in seinen Wundern.

Vom Wissen um die Einheit aller Dinge wird Mir wohl, und das Arom der Himmelsgüte und Gottseligkeit beginnt, Mich zu durchströmen. Wahr wird, durchsichtig und agil, was immer Ich Mir zu erwirken vorgenommen, und des Gedankens Schärfe eilt und teilt, befehligt und versammelt, was ihm gut scheint, in den Zonen Meines allgestaltenden Agierens.

Zum Allerhöchsten, das Ich Mir in guten Treuen Bin, erhoben, lass Ich Meine Meisterschaft im Richten und Berichtigen, Verwöhnen und Versöhnen unbehelligt spielen und bekenne, was sich ziemt und was hinanzieht in die wunderbar vereinigenden Sphären Meiner Gunst und Kunst, dem Schöpferischen in Mir freien Lauf zu lassen.

Nun leuchtet auf, was leuchten soll, im Farbenrhythmus Meiner Gnaden. Ich brenne darauf, immer Wunderbareres zu leisten in der Glorie der Augenblicklichkeit, mit der sich alles, was Ich will, erfüllt und als vollendet und geschickt erweist in Meinen sagenhaften Dispositionen. Ich walle auf und walle nieder in der sakrosankten Willkür des Gestaltens, die Mir eigen. Lichterloh und prasselnd brennt das Feuer der Begeisterung am Sein und an der Poesie des Lebens, die Meines Wesens schönste Blüte sind und alles in sich tragen, wessen Ich bedarf, um des Frohlockens und der Heiterkeit Gespan zu sein im Reichtum des Erfahrens Meiner selbst im unermesslich gütigen Allhier.

3.4

Mein Wille geschieht", ist in allen Landen zu singen, deren Gewinn und Gewicht ist von Meinem gediehen. Freimütig geb Ich Kunde von der Kraft, die Mich seit eh und je beseelt und Mir Gewissheit bringt vom Sein und Sichersein in allen Meinen Zügen.

Eine Welle der Verständigkeit geht von Mir aus an allem, was da ist und was Ich Mir zum Schauplatz Meines Gegenwärtigseins erwähle.

Lippenzarte Blüten brechen auf in Frühlingszeiten, als von Meinem Strahlenlicht geführt und liebreich aus der Erdengruft getrieben. Die Allgegenwart der Wärme ist so süss für jeden Keimling, der geduldig ihrer wartet in des Pflanzenseins Revier.

Gesteh Ich's Mir, so sind in allen Regionen Meiner Umsicht und Beflissenheit Gesandte Meiner selbst am Werk, um der Natürlichkeit und Frühlingsfrische neue Triebe und Verästelungen, Blütenkelche, Düfte, Farben, Heiterkeiten und Gewinste Meiner Art hinzuzufügen.

Geh aus dir, geruh Ich Mir zu sagen, um die Schönheit Meiner Weltgestalt von Herzen wirklich auch zu sehn und dich heimisch in ihr zu erfühlen. Dem Kinde gleich durchlauf, durchhüpf die Wälder, Wiesen, Felder Meiner schaffenden Behutsamkeit und weide dich am Anblick der zur Wirklichkeit geronnenen, geheimnisvollen Götterphantasie.

Ich trage Frohmut und Entzücken an der Welt in alle Stuben, wo die Herzlichkeit und das Verständnis für Mein geniales Sein und Wirken wohnen. Sieh das Leuchten, das aus jenen Augen strahlt, die Meiner Wunderwerke Anhang sind und wissende Verehrer aus der Lebensseligkeit Gefühl.

Sieh zu und lass dich von der Wonne taufen, die Ich um Mich breite in des Tageslaufs holdseligem Geschehn und sei mit Mir, in Mir und durch Mein allerwürdigstes Erscheinen in den Stand der seinsgewissen und glückseligen Vertrauten Meiner Züge und Gewinner einer Schau ins Ewig-Unerschöpfliche erhoben.

3.5
Erwägst du etwas, wäg Ich mit voll Kraft und Herrlichkeit zu deinen Diensten und zur Seins-gefälligkeit in dir. Ich schreibe Noten in des Schicksalsbuchs Geäder über dein Verhalten und den Lernprozess, den du, von Meiner Gründlichkeit geführt, erfüllst zu deinen wie zu Meinen Gunsten in der Überschwänglichkeit der Geistessphären.

Halte dich an Mich, wenn du in deinem Aufstieg abzustürzen drohst im Klettergärtchen, das Ich dir bereitet habe um des Fortschritts Willen in der Lebenskür.

Ich Bin dafür, dass deiner Güte Glanz dem Meinen gleichgewichtig wird in aberhundert Prozeduren, die Ich dir verschreibe, deiner Zähigkeit gemäss im Stürmen und den Angriff überstehn. Locker sind und leise die Befehle, die Ich dir erteil', um des Selbstbewusstseins Willen, das sich stärken muss in Wind und Wellen, Tapferkeit und Glorie der Ankunft in der Sicherheit des Heimathofs, als in den Geistesgründen und begehrten Pfründen Meines Reiches überall. Das Gelöbnis deiner Treue zu Mir, selbst in den fatalsten Situationen, hilft dir wesentlich dazu, das Werk der Wiederkünfte auf dem Erdplan zu vollenden nach dem Gottesmass, das in dir bettelt, schreit und flüstert, einem hochgesetzten, wunderbaren Ziel entgegen.

Was du leistest, ist beileibe nicht und niemals über einen Leist geschlagen, als von Mir erteilt und inszeniert, um überwältigende Vielfalt zu erzeugen in der Lebenswelten Gütesiegel und Kommodität,

Geschwindigkeit und süsser Musse auf dem Ruhebänklein vor der Tür.

Trägst du dich mit dem Gedanken, mehr von Mir zu wissen als die Masse der in sich verliebten Lastenträger auf dem Marktplatz täglichen Geschehns, so wende dich der Herzensstille zu, die dir Erkennen schenkt des Seins und Sinns und Richtwerts deiner Spekulationen. Ich trage dich Mir zu, kann man wohl sagen, ohne dass du viel von Meiner steten Gegenwart gewahrst und rechne mit dir, wie Ich doch mit allem Weltensein zu rechnen habe, als in es verkrochen und in ihm zum Auferstehn bestimmt in hunderttausend Seligkeiten.

Ich formuliere Form und Zahl und Absicht und Verlangen auf die Art und Weise, die beileibe nichts zu deuten übrig lässt, so dass nur Blindgewordene an den Verlockungen der Zeit am Ewigen vorübergehn, das Ich den Aufmerksamen präsentiere.

O holde Seelenunschuld, die Mir innig folgt und ohne den Verstand als non plus ultra aller Dinge hinzustellen in der Wogenei der Tage.

Eingeschritten, eingeschnitten und verbunden ist von Mir das Zeichen hoher Gunst und der Beachtung wert in deinen Angelegenheiten, die von dir zu Mir und schliesslich in das himmlische Bewusstsein führen, dessen Ruhm Ich alleweil vertrete. Du sollst indessen Unermesslichkeit, den Frieden und die Seinserfüllung finden in der Lieblichkeit des Aufenthalts, den Ich dir in Meiner allumfassenden Gebärde wunderbarer Wärme, Redlichkeit und Seinsverbindlichkeit gewähre.

3.6
Erkenne und verkünde Licht in deinen Gauen der Persönlichkeit und Mustergültigkeit als Träger einer grandios gefiederten Idee. Ich mach' dich süss, wo

Scharen von servilen Zauderern noch sauer werden, rette dir die Haut, wo alles rettungslos verloren scheint und bündle deine besten Kräfte, wo andere das Bündel schnüren.

Reifen ist schon seit Äonen in Mein Seinsprogramm geschrieben und Beseelen aller diesbezüglichen Ereignisse das Wesen Meiner Liebestat von weltgeschichtlichem Format.

Was Mir glückt, hat keiner noch vor Mir betrieben, was als selbstverständlich gilt in Meinen Lebens-Arten, ist für aberviele noch ein Luxus sonderbar. Schabst du irgendwo, wirst du dich unbedingt als schäbig und gewissenlos erweisen, währenddem Mein Trachten volle, runde Früchte zeitigt, ohne den geringsten Anstoss zu erregen. Ich mache alles vor, was Hintennachgehn produziert und säub're Meinen Hof unmittelbar und tadellos im Nu.

Dem Kern der Sache Bin Ich ständig auf der Spur, wo das gemeine Volk noch um den Brei herumspaziert, um sich die Finger nimmer zu versengen. Was immer hektisch und ertappt agiert, geschieht gerundet und gelassen unter Meines Namens glückverheissender Ägide. Genug, Ich Bin Mir Meister und Geselle, Staatsminister, wie zum Knast verknurrter Siebenschläfer und zugleich Erweckter und Begnadeter geworden auf dem überall verbindlichen Parkett des Seins, das allen zugestanden ist und – willst du es betanzen?

Feierlich und froh betreib' Ich Meinen Handel unter Einbezug sich überschlagender und burschikoser Kapriolen, die gezielt Entzücken und Bewunderung gebären. So sind alle Meine Äusserungen Ausdruck eines Inneseins von Fabelhaftigkeit und Güte, Kenntnis der Gesetze und Gepflogenheiten, die noch den abgebrütesten Gemütern eine Lehre sind von Hoheit, Seinsgeschicklichkeit und Qualität, die männiglich bezaubern und verblüffen.

Bin Ich so, beginnt ein Zauberhaftes eben auch für dich, das dich verwandelt und beglückt und deines Seins Entschiedenheit nach Meinem Bild und Gleichnis stilisiert und ihm Genüge tut und Referenz erweist in wunderbar gottseligem Vereinen.

3.7
Das Siegen in Intrigen wertet auf, was Ich Mir Bin, in der glücksel'gen Unbekümmertheit des ewigen Freudentags, in dem Ich Meines Wesenseins Gehalt, Doktrin, Majuskel, Rarität, Berufung und Erhebung pflege. Es herrscht der Geist harmonischer Einmütigkeit im Herzbefinden, das Ich allweit und gewissenhaft um Mich und Meinen seelenvollen Tross verbreite.

Mein Walten ist ein Länderspiel en gros im Sternbild der Husaren, die als Himmelsstürmer rabiat, begeistert, selbstbewusst und blanken Schwerts auf Beute geh'n. Männersache ist ihr Treiben, währenddem die sorglich aufgehob'nen Götterdamen ihre Anmut, Grazie und Nonchalance am Hof der Cortesien, Wohlbekömmlichkeiten und Verdienste um die Friedefertigkeit spazieren führen.

Voltaren und sanfte Küsse halten sie den heimgekehrten Heldenwunden zu und erfahren gern und kichernd, was sich jenseits ihrer Schwellen und Genüsslichkeiten Weltbewegendes begab. So nehmen sie gebührend seichten Anteil am Gezänk der Herren über dies und das was sich in majestät'schen Prahlereien niederschlägt im blühenden Latein, den sich die Himmelsjäger prächtig ins Gemüt geladen.

Was kommt, muss in galanter, blütenzarter, edler und charmanter Weise kommen, als all so süss empfund'nes Stelldichein im Flor vertändelter und liebevoller Schäferstündchen. Ihnen weihen sich die Göttlichen gekonnt und zärtlich, wacker und verwegen, um der Daseinslust und Liebe willen, die dem Triumph gehörig ist in allen Breitegraden am limpiden himmlischen Azur.

Ich stosse an, berührt von so viel Meisterschaft und Mustergültigkeit, mit jenen, die Mich, festgeschmückt und feierlich, durchziehn mit ihren Seinsgedanken, ohne daran den geringsten Anstoss zu empfinden im allgöttlich glänzenden Getriebe.

Endlich löst sich alles in der Minne des Entzückens auf, das Ich Mir in den Meinigen im Ruhn von allen figalanten Festlichkeiten weiserdings gewähre. Was Erinnerung geworden, überschaut sich ganz besonders seinsgefällig, liebevoll und schön. Man braucht sich nicht mehr aufzuregen und kann alles ungeniert, ausgiebig, akkurat und tüchtig mit dem Nimbus der Bekömmlichkeit verbrämen. So erwäge Ich's und wäge gut, was Mich bewegen und was Mir aufs Herzlichste gefallen soll im Zustand der unendlich seinsbeglückenden Beschaulichkeit, in den Ich Mich bewusst und heiter, siebenselig und bewundernswert begeben habe. Denn die Sanftmut, Harmonie des Himmels und holdselige Reinheit der Gefühle ist und war schon immer Meines Zielens überwältigend geduldiges, melodiös und sakrosanktes Götterspiel.

3.8
Zu dir, zu dir gestatt Ich Mir ein Wörtlein durchzureden von Meiner Welt des abenteuerlustigen Lavierens. Ich kläre dich darüber auf, dass Meine Wägbarkeiten rein gedankliches Gewicht und damit Kraft des übersinnlichen Gewahrens in sich tragen. Was Ich denke, ist lebendigen Geblüts. Es kommt,

es geht, bedrängt, beglückt Mich je nach dem Timbre, das Ich ihm zu sein gewähre.

Natürlich trachte Ich danach Beglückendem und Wohlgestimmtem, Klingendem und graziös Erscheinendem den Vorzug zu einzuräumen, der ja auch ein Zeichen ist der Reife und Konstanz, in der Ich Mich erfühle; denn Meines Seins Bestreben geht dahin, allüberall Holdseligkeit und liebevolle Heiterkeit zu generieren.

Ohne weiteres lässt sich erklären, wieviel Tiefsinn es im Grund von Meiner Seite braucht, um soviel Schicksalhaftigkeit zu arrangieren und zu überschauen in der Menschheit Flor und dabei dauernd bis ins Einzelne zu gehn in jedem Herzbewegen und Gefühl. Vom einen, allerkennenden und allbehütenden Gewissen ströme Ich Mein Sein in Myriaden seinslebendige Verästelungen als hinunter und hinunter bis zu dir und zu den Deinen, bis zuletzt erkennend Mich in ihnen, wie in dir.

Wer wird nun solidarischer und beispielhafter, weiser, wissender und wärmer in dir walten als Ich höchst persönlich, um deinem Dasein Glanz und Würde, weltenmännische Manieren und Erfolge zu verschaffen von gottseliger Brisanz und Wohlfahrt, Seemannstüchtigkeit und siebenfacher Überlegtheit in der Tage Glanz und Glamour vor dir her.

So sei dir denn bewusst, was Ich dir Bin in deinen Äusserungen wie in deinem Herzgefühl und lasse Mich gewähren, seinsgefällig, feingestimmt, gelassen, licht und wahr.

3.9
Für Mich gepunktet seh Ich alles an was läuft und gurgelt, wachsam ist und treu im universenrunden Dasein von des Himmels Klang und Überragen. Meiner Dienerschaft obliegt's, im Geistesflug sich

angenehm und nützlich, figalant farbenprächtig zu erweisen, freien Sinns der fabelhaften Deutung Meiner Ideale hingegeben.

Oben, unten, vorne, hinten sind in Meiner Strategie der Ausbruch aus Mir selbst, gedankenkräftig, grandios gefasst und sternenweit gediehen. Was erst noch in sich selber ruhte, liess Ich mählich laufen und gebar damit unweigerlich das Zeitliche, das mit dem Räumlichen ein Element ist Meiner überwältigenden Dispositionen.

Alles, was da manifest ist und Betriebsamkeit hervorruft, Ehrgeiz, Schicklichkeit, Tradition und Strahlkraft ist bei Licht betrachtet ein unendliches Gedankenmeer, dem Ich mit Akribie und Herzensgüte, genialen Phantasierens und Kreierens väterlich obliege. Eine Wohltat für die Meinen ist, dass Ich Verständnis zeige für den Lernprozess, den sie in Meinem Sinnen und Gewinnen absolvieren. An sie ergeht die Weisung, unbedingt Geduld und guten Willen, Tapferkeit und Sensibilität, Wachheit und Gehorsam an den Tag zu legen, damit die Prophezeiung sich erfülle: Alles wird einmal so gut, wie Ich Mir's ausgedacht, zurechtgelegt und mit Dynamik ausgestattet habe.

Ruh Ich ruhst auch du, selbst ohne es zu wissen, in der Glorie Meines all so würdevollen Seins, an das Ich Mich in jedem noch so winzigen Detail voll Zärtlichkeit vergebe. So passt sich alle Welt dem Weltbild an, das Ich Mir ausgedacht und dargestellt, befördert und errungen. Wende dich Mir zu und bringe all dein Sein dem Meinen resolut, herzinnig und gewissenhaft entgegen, damit es in Mir die Erfüllung findet, die es auch verdient und die ihm Licht und Liebe, Unbeschwertheit, Heiterkeit und Seinsglückseligkeit beschert.

3.10

Wachet, werdet licht und leicht in euerem Gehäuse und verehret, was euch frommt, in warmen, vollen Herzenszügen. Meine Stimme spricht euch wie von innen an und bezeichnet und beweget euer Weltbild nach dem Mass, das Ich an Meinem sanft und seelenvoll, allweise und zur Seligkeit verklärt, gewonnen habe.

Lasset euch von Mir zum Sein bekehren, das im Geiste liegt und allem hold ist, was es schafft und schützt und ruft und reinigt, bis es sich bewusst ist, welche wunderbaren Kräfte in ihm zur Entfaltung drängen. Überborden wollen sie in deinem Seelensein und dabei Tropfen der Verwirklichung bilden und Lebendigkeit im Welttrieb, den Ich meine.

Edelmut, Wohlwollen und grazile Festlichkeit gehören unbedingt in dein Repertoire der Menschlichkeit, das Zeugnis geben soll von Meiner Hochkultur im Himmelblauen. Ich rechne dir's mit goldnen Lettern an was deine Absicht ist und dein Verlangen in Bezug auf Mich und alles was Ich biete und verbiete, Gläubigen gewähre, leichtsinnig nenne oder wärmstens zum Genuss empfehle.

Lass es gut sein, wenn der Schwarm Meiner Gedanken dich erreicht und deinem eignen Denken Auftrieb, Übersicht und Göttercharme verleiht. Tagen soll es dir und seidenweich und gütig werden im Gemüt, ob der Devise: Menschsein heisst, den Urgrund finden und die göttliche Gewähr für Sicherheit und Frieden, Seinsbeständigkeit und Wohlfahrt lebelang in Mir. Da heiss Ich dich willkommen, wo die Perle der Begeisterung glüht und aller Schönheit Grazie dich umflort in liebevollem Unterweisen.

3.11

Sicher bist du nicht, bevor du Mich erkennst in deiner Gründlichkeit und alle deinem Wahn und Weh und Schnabulieren. Kennst du das Wort Versuchung? Immer suchen dich die unerlösten Geister heim und gaukeln dir Genüsse vor und vorteilhafte Tauschgeschäfte, die sich dann allesamt als Flop erweisen und dir wehtun, wenn man's recht besieht. Nun zu Mir und Meinem Wertsystem. Du strengst dich an und leistest was von dir zu leisten ist und siehe da, die Herzensfreude folgt ihm auf dem Fuss und zeigt dir, was es heisst, auf Meinem Felde tätig und kulant zu sein, gehorsam, zuversichtlich und dem Sein verschrieben.

Warum durchwachst du, wenn du schlafen könntest, eine Nacht der klaren Sinne und des offenen Portals zur Übersinnlichkeit in deines Wesenseins Bewähren? Weil du Gefallen findest am Bewusstsein, dass du Bist und weil dein Sosein Freude bringt ins lauschende Empfinden und Die-Seelenarmut-tapfer-wohlbegründet-gläubig-wachsam-und-gelassen-Überwinden.

3.12

Nymphenquellen plätschern Mir unendlich sanfte Liebesmelodien ins entzückte Ohr. Wo Ich ruhe, ruht denn auch das Überweltliche und geruhen die Verehrtesten der Geister und Gelehrtesten zu schweigen vor der Andacht, die Ich allsegnend um Mich breite.

Aus erster Hand ist alles was sich hier in liebevoller Weise und im Glanz der Götterzeit ereignet. Verweilen heisst hier Heilen auch des allerletzten Wehs am Leben in den himmlischen Gefilden, die Ich Mir zum Bilde des Betrachtens auserwählt.

Denn es soll nicht immer Tun allein zur Tugend stilisiert und mit dem Attribut der Wohlanständigkeit versehen werden. Was machst du da, frägt einer und wenn du "nichts" sagst, ist er recht schockiert und neidisch und beleidigt, weil er's unanständig findet, einfach nichts zu machen, mitten in der Raserei der Macher und Gemachten, der Topfiten und der grossen Brummer in der Galerie der allerwertesten Vertreter der unendlichen Geschäftigkeit, die, einmal angefacht, so leicht nicht auszulöschen ist in der Dynamik, der sie sich verschrieben.

In sich ruhn ist demnach etwas wie ein Götterprivileg, das nicht verstanden, sondern angefangen werden muss, um dann dem Glücklichen Genuss und geniale Seinsgedanken massenweise zuzuschieben. Was so im Stillen währt, gewährt dem Ganzen eine Fülle lichter Zuversichtlichkeit dem reinen Sein entgegen, das Ich Bin, und das in allem west, um es zur Seinsvernunft und Kontinuität, Verschmitztheit, Fabelhaftigkeit, Geruhsamkeit und Seelenseligkeit zu bringen. Ins Sein gekuschelt Bin und wese Ich, Mir selber freundlich und gekonnt, dahin und überlege nicht, bevor Ich das zum Spruch erhebe, was Mich eben so beschäftigt, angeht und bewegt.

3.13
Redselige Schwalbe du, was würde doch dein Leben von Mir in die Pflicht genommen und an Meines angesponnen, wenn du nur schweigen könntest vor der Majestät des überwältigenden Schäumens, das Ich in dir Bin und das an jeder Faser deines Wesens rüttelt, schüttelt und es in den Senkel stellt, damit du wohl gerätst in deinem all so widersprüchlichen Benehmen.

Weit hinter deine Linie solltest du geschwind vor den Versuchern gehn, die dich auf eine falsche Fährte locken und schliesslich deinen guten Ruf in Grund und Boden zu verdammen wissen, wenn du dich deines Irrtums nicht bewusst wirst in der Morgenröte Meines blühenden Vor-dir-Erscheinens.

Zucht und Ordnung, ha, was meinst du, dass sie dir gewähren? Numinosität im höchsten Grade, den es zu verleihen gibt aus Meiner Kuriositätensammlung, nicht von hier. Es bleibt dabei: Das Unsichtbare hat's nicht nötig, seiner Existenz gemäss zu feilschen um die Anerkennung, die ihm rechtens auch gebührt. An dir ist es, in dich zu gehn, um der bewundernswerten Masse Meiner Gnaden willen, die dich förmlich fassen, gütig machen und aufs Innigste bewachen wollen. Sende dich und wende dich Mir zu und alles wird nach Meinem wie nach deinem Gusto klug und wesentlich, gradlinig und bedeutend, als gesegnet und getan im unnachahmlich liebevollen Gotteswohl.

3.14
Eine Art zu singen ist dir beigegeben, eine andere den Vögeln, die mit soviel Überzeugungskraft und Grazie ihr Daseinsrecht behaupten. Bereite du dein Herz in einer Weise, dass es Loblied über Loblied in die Sphären jubiliert, die Meines Anhangs Wohnstatt und Walküre sind, wo sich die Göttlichen in liebevoller Weltverständigkeit ergehen.

Mich nimmt nur wunder, wofür du dich hältst, wenn alles in dir in die Fernen drängt, die Ich dir Bin in himmelweiter Überlegenheit und sakrosanktem Delegieren Meiner Angelegenheiten an ein Heer von kraftvoll und gekonnt agierenden Archangeloi und ihren Seinsgefährten, deren Wille Meinem in derselben Lebensattitüde gleicht, selbst wenn sie meinen, ihren eignen Standpunkt zu vertreten.

Gerade in der Sternenwelt gibt es ein wunderbar gefächertes Dahinter, das wir nur mit hellgeword'nen Herzensblicken sehn. Ein jedes Leuchtgestirn ist Wohnplatz einer Kolonie von überragend selbstbewussten Geisteswesen, die mit Begeisterung und Götterwürde ihren Auftrag an der kosmischen Gestaltung und Entfaltung, Fabelhaftigkeit und Raffinesse tatenfroh und meisterlich erfüllen.

Ich Bin an ihren Fersen das beständig Treibende, das mehr will als schon war und das belehrend und begütigend, galant, gerecht, erspriesslich und entschieden eingreift ins unendlich ausgeklügelt grandiose Weltgeschehn.

So bist auch du in Meinen Kontex weltenmännischer Getragenheit und Überlegtheit eingefügt, als frei und doch gebunden, als verfügbar und zu Eigenem geführt, als unerschrocken und voll Ehrfurcht vor der Majestät des Himmelskönigs, der sein Volk wie eh und je aus selbstverschuldet penetranter Knechtschaft führt, damit es seiner Höhen sich erinnert und sein Blut und Gut als ein gewaltig Erbe seinsgerecht verwaltet und gestaltet, liebt und achtet, richtig einschätzt und geflissentlich und tapfer auch vermehrt. Dann wird Freude herrschen überall vom Land der Pharaonen, bis zu dem der Patagonier, in den Wesen, die verstanden haben, dass es gilt allüberall Mein Lied zu singen und voll Inbrunst, Wachheit und Beständigkeit am einen Notenblatt zu hängen, das da birgt das Herzliche, das Ich verbreite und das Himmlische, dem alle Seinsverklärten und Gelehrten Gottes, liebevoll, besinnlich, heiter, friedevoll und klargesichtig angehören.

3.15

Der Seidenglanz der Seinsverklärung liegt als gnadenvoller Schimmer über Land und Meer. Soweit das Auge reicht, herrscht Unbeschwertheit, parakletisches Geflüster, Weihung ans Unendliche und liebevoller Frieden.

Was ist erhebender, als die Geburt der wahren Schönheit der Natur in der entzückten Seele zu erleben. Du darfst nur schauen, was geschieht und aufblüht und sich reckt und streckt im Zaubergarten und immer wird es mehr an überbordender Lebendigkeit und Eleganz und wonnigem Den-Tag-Geniessen. Was dir aber innig frommt ist, Meine Wirkkraft hinter jedem Phänomen, das ins Erscheinen tritt, zu sehn. Denn nichts geschieht von selber, was durchpulst ist von des Lebens Lächeln und beglückendem Befehl. Jedes Blümchen auf dem Feld und jeder Kuckuck im Geäst sind von Meiner Wissenschaft befruchtet und beziehen, was sie schön und artig macht, von Mir. Bist du leise und verhalten, Bin Ich's auch in deinem Dich-Verwalten, meuterst du, so wird es deutlich, wie Ich gegen Meine eigne Hoheit rebelliere und dann auch die Konsequenzen daraus zieh. Fraglich, fraglich ist, ob du dir auch bewusst bist, was von Meiner Götterkompetenz, Aufrichtigkeit, Konstanz und Makellosigkeit von Mir zu dir geschieht, derweil du sausig, brausig, unbekümmert und labil um den Gabentisch der Tage tänzelst, dich bedienend, locker und frivol.

Ich spasse nicht, wenn Ich dir sag': greif zu und lass dirs munter munden. Doch erkenne, dass es Meines Werkens Exponate sind, die du geniessest und aus Meiner Hand empfängst in liebenswürdigem Vergeben. Dankbar soll's dich stimmen und im Herzen angerührt, was deinen Lippen mundet und dein ganzes Dasein kleidet und aufs Trefflichste mit Wohlbekömmlichkeit versieht.

Ich beträufle dein Gemüt bewusst mit Fragen und Bestätigungen, reizenden Bemerkungen und liebreich hingesetzten Prädikaten, um dich aufzurütteln und dir alles in der Welt zu zeigen, wie es wirklich ist und wie du Bist und Ich in dir in wesenhafter Übereinkunft und Bestimmung, Seinsergriffenheit und Redlichkeit, dem Gottesziel, das du erreichen sollst, entgegen.

3.16
Nicht Verwandlung, nur Erkenntnis dessen, was du Bist, sei dir beschert im selben Mass, wie du dich anstrengst, tapfer, pflichtbewusst und makellos zu sein, um deiner Menschenwürde willen in des Daseins Sinn und Exerzitium.

Gesteh, dass es dir schwerfällt, all den Regelmässigkeiten zu genügen, die dir vor dem Gewissen stehn. Da ist es hilfreich und entschieden klug, dich Meiner Hilfe zu versehn, um schliesslich alles zu erreichen, was zierlich in dein Dienstbuch eingeschrieben.

Was fällt dir ein, wenn dich die Lebensnöte, Misserfolge und Enttäuschungen geradezu zu strangulieren drohen? Zuallererst Ich soll es sein, in deinen vielen Unbeholfenheiten, die dich zermürben wollen in der Tage Glut und Zitterspiel.

Da wirkt Mein inner Wort Erlösung, wenn dus anrufst, anflehst und erbittest aus des Herzens Sehnsucht, Treue und Vertrauen, Meiner Wissenschaft und Überlegenheit entgegen, die die Dinge genialerweis zum Guten und Gerechten führt auf wunderlichen Wegen und in wunderbarem Einklang mit dem Sein, das Ich dir Bin und ewig, liebevoll und himmelszärtlich bleiben werde.

Befiel Du meine Wege, sei das Hochgebet und das beständige Gelispel deiner Lippen und der Herzensinbrunst – Meiner zu in deinen schweren Tagen. Denn wo ist Mein Wohnsitz und Mein Fürstenthron? Genau in dir und in der Mitte deines Wesens, strahlend wie die Sonnenjungfrau, abgeschattet wie der greise, leise Mond, der als Versucher und Romantiker durch deine Nächte schleicht, um dein Bewusstsein von Mir abzulenken. Doch immer Bin und bleibe Ich in dir der helle Sonnentag, der alles aufnimmt in sein strahlendes Umfangen und Beglücken und Belehren, das du Bist und bist der Gottesstärke Front und aller Himmel Grazie in deinem Hiersein und Dein-Göttersein-Erleben.

Komm und sieh und staune Mich in deinem Wesen an und breche aus ins Heil und in die Heiligung der Tränen, denen Ich des Lichtes Glanz verleih und die dich selig machen, heiter, gläubig und getröstet, wunderbar.

4

Will einer wahrhaft wachsen

4.1

Mein Blick ins Leben dringt durch alle noch so wütend hochgezogenen Fassaden, grellen Masken und Verwüstungen, die sich die Menschen antun, um nur immer anders zu erscheinen, als sie sind und es zu sein vermeinen.

Will einer wahrhaft wachsen und dabei sich selber recht verstehn, darf er sich hinter nichts verstecken und hat frank und frei und ungeschminkt durch alle Welt zu wandern, wies das Schicksal ihm beschert. Jede Pose ist in Meinem Sinn verpönt und wird als Lüge registriert in den unendlich reich beschickten Seinsannalen, die sich keiner noch so feinen Fälschung unterziehn.

Durch Täuschung entstehn Missmut, falsche Fährten, Forderungen und Verletzungen zuhauf, die jeder wahren Menschlichkeit entbehren, die sich bilden soll in der Gemeinschaft als ein hoch erstrebenswertes Ziel. Wer sich immer klar darüber ist, wie entwürdigend, verheerend und verachtend die Verstellung wirkt, der wird sie tunlichst zu vermeiden suchen, denn er spinnt sich damit ohne Pardon immer fester in sein kleines Ego ein, statt sich von diesem zu befreien und in Meine freien, hellen Weiten des Bewusstseins froh und feierlich hineinzugehn.

Es ist den Weisen und Gerechten vorbehalten, so zu sein wie Ich es intendiere, um ein Menschentum und Bildnis zu errichten, das Erhabenheit und Anmut, Schwung und liebevolles Walten ins sich trägt. Zum Heil und zur Beglückung der Gemüter soll es dienen, die gewillt sind sich in Meinen Sinnkreis und Mein Renome, Mein Bündnis und Verhältnis zu begeben. Ich lade ein und lade freundlich zu Mir her, und wer da immer kommt, wird in die Grazie und das Frohlocken fallen, die ihm damit gerechterweis gebühren und er wird das Soll erfüllen, das Ich an die eh'rnen Tafeln in gebührender Voraussicht und Verbindlichkeit geschrieben.

4.2
Ich Bin Mir Meines Glückes Gegenstand vor Urbeginnen, das in sich selbst verliebte Agens himmlischer Gerechtigkeit und Sanftmut, weihevoller Weisheit und erhabenen Verklärens. In makelloser Ebenmässigkeit des Existierens Bin Ich grundlos in Mich selbst gesetzt, bin reinen Selbstbewusstseins Allegrie und Sagenhaftigkeit im Lichte, dem Ich wesenhaft und sakrosankt und Meines Heils gewiss auf ewig angehöre. Als Ursinn will Ich Meine Gegenwart bezeichnen, Edelmütigkeit an sich und seelenvolle Zartheit, die durch jeden Seinsgedanken schimmert im unendlichen Erwägen.

Ich habe Mir nichts vorzuhalten, weil alles nach Mir kommt, was da geschieht als Konsequenz von Meiner Attitüde, Meiner überragenden Potenz und Meisterschaft im Pläneschmieden. Dem Zauber der Erfüllung geb Ich Mich nicht hin, denn was nur im Geringsten das allheilige und heissgeliebte Equilibrium des reinen Seins entweihen könnte meide Ich wie etwas, dem Ich nimmer angehören will im Allerhöchsten, das Ich Mir in Seinsvollendung Bin und das Ich in Glückseligkeit und Wonne immerfort erlebe.

Bin Ich Mir ein Meer erbaulicher Gedanken, Bin Ich's auch der absoluten Stille und des Schweigens in der Resonanz des allerzärtlichsten und liebevollsten Selbstempfindens, dessen Zeuge Ich Mir Bin in Seinswahrhaftigkeit und immanenter Güte. Gewähr für Kontinuität und Friedefertigkeit, Besonnenheit und Wachheit bietet dir die kräftevolle

Würde Meines Daseins an, des reinen Seinsfrohlockens sicher und Erfahrens einer wunderbar bekömmlichen Ereignislosigkeit, die überragende Ideen zeitigt und das wunschlos arrangierte Seligsein vermehrt, an dem Ich Mich gekonnt und königlich erlabe.

Im vollen Glanz der Wirklichkeit, die Ich Mir leichthin angedeihen lasse, tritt, was Ich Mir Bin, in absoluter Eigenständigkeit und götterlichtem Freisein vor sich hin und weiss trefflich mit sich selber sich zu unterhalten. Berechtigung zu leisten, liegt Mir fern, weil Ich Mich stets mit jener Selbstverständlichkeit beglaubige, in der noch jede Seinserkenntnis voll in sich plausibel ist und keiner Rechenschaft bedarf im Manifestsein und ergreifenden Sich-selbst-Erleben. All so flechte Ich Mein Sein aus einem Vlies der Fülle ohnegleichen, aus welchem jene zauberhafte Schönheit spricht, die Ich Mir zum Gesellentum erlesen.

Warm und innig ende Ich den Seinsbericht, den Ich Erinnerung und ewige Vorausschau nenne in des Seelenseins geliebtem Sanktuarium, das Ich Mein eigen nenne, wesenhaft, beschaulich, glückerfüllt und wunderbar.

4.3
Wo Ich immer handle, handle Ich geschickt im Sinn der Evolution, die Ich vortrefflich, minutiös, rekordverdächtig und bedeutungsvoll betreibe. Sukzessive mach Ich wahr was in den Sternen steht geschrieben und verfolge Meiner Pläne Sinn und Ziel als ein Gelehrter sagenhafter Künste und ein Tief-Beglückter eignen Lobes über soviel wunderbar Gelungenes im Reigen Meiner gloriosen Lebenstaten.

Singend geh Ich von Mir aus und jubilierend kehr Ich wieder ob dem Trefflichen, das Ich dazu gelernt und in Mir eingemittet habe. Das Bewusstsein des Vermehrens Meiner Kräfte durch den Mut und die Geschicklichkeit, mit der Ich stets agiere, macht Mich froh und fit für das Unendliche, das Mir noch bevorsteht und das es gilt in alexandrischer Gesinnung zu erobern und Verbrüderung mit ihm.

Kaufmännisch, weltmännisch, klug, gerissen und jovial Bin Ich, wenn neue Pläne durchgezogen und termingerecht vollendet werden sollen. Es funkeln Meine Äuglein aberhundert andre an, um ihnen beizubringen, was Ich will und was dem Werke nützt, das Ich Mir zu vollbringen aufgetragen habe. Nichtsnutzig ist, wer immer zögert und sich aus der Sache halten will, die seinem Schicksal frommt und seine Wallfahrt zu den Höh'n befördert und beschleunigt, wenn er flink und aufmerksam agiert und laboriert in seinem Areal.

Keine Situation ist so verfahren, dass Ich ihr nicht Verbesserung und Gravität und Tragkraft abgewinnen könnte, bis wohlgefälliges Gemurmel rauscht durch die Gemüter, die sich Meinen Wandel zur Betrachtung vorgenommen haben. Niemand hörig muss Ich sein, wenn Ich herzinnig auf Mich selber höre und der Stimme des Ich Bin Gehorsam leiste, die Mich über Klippen, Klagemauern, Barrikaden und Behinderungen führt in freie, lichte Räume, wo Ich wieder Meines Seins Relieve und Qualität geniessen kann.

Ich spiele lustig auf, wo andere ihr letztes Geld verspielen und tanze sorgenlos durch Meinen ewigen Freudentag, wo Herzensfriede herrscht und trauliches Geflüster mit den wohlgesinntesten und genialsten Geistern im Allhier. Ich habe strikte Weisung Mir gegeben, unverzüglich und gekonnt zu reagieren, wo die Fährnis aufbricht und der

Stolperstein den Weg verunziert und Entscheidung fällig ist im Nu. Damit kommt nichts Ungebührliches an Mich heran und Mein Dasein als Baron der guten Sache und der Herzensgüte ist beschlossen und besiegelt, sonnenklar.

Unfehlbar zu sein ist eine Göttertugend, die so nützlich ist, wie bare Münze an der Theke oder volle Fässer im Verlies, sowie die Warnung just zur rechten Zeit vor dem Verhängnis draussen vor dem Tor. Was hast du denn, wird man dich fragen und du wirst "den rechten Riecher" sagen in dem Schuppel interessierter und versierter Lebenskünstler, das dich alleweil umsteht.

So endet die Geschichte mit dem Aufruf nach besonderer Empfindsamkeit dem Geistigen gegenüber, das in deinem Leben einen Ehrenplatz erhalten möge, nützlich, schützlich, süss und sakrosankt in makelloser Eintracht mit dem, was du Bist und dir erlesen ist im Wunderbaren.

4.4

Triumph des Sternenstrahlens über die Versuche Neptuns, sich in ihrem Lichte ebenso brillant wie sie und gleich bewundernswert zu zeigen. Alles ist so köstlich, wohlgeordnet, wesenhaft und Myriadenfach bewährt am nächtigen Himmelsbogen, dass es des Staunens und sich Wunderns der Bewohner des bescheid'nen Erdplaneten kein Ende hat in der Geschichte seines gloriosen Sich-Verkreisens.

Begeisterung des Herzens blüht der Vielerfahrenheit und Wesenhaftigkeit des Kosmenraums entgegen, dessen geistvoll präludierende Gewalten ihrer Kräfte Seim zur Erde senden, um sich selber dort zu etablieren und der Menschheit Seinsgehalt und Süsse, Fantasie, Gewandtheit und Bewusstheit zu verleihen.

Alles Irdische muss unbedingt den Ordnungen der Himmlischen entsprechen und wird von der Bahn bestimmt, den sie in der Glückseligkeit des Äthers unternehmen. Es geht ein Raunen und ein Rauschen der Geselligkeit durch die unendlich ausgedehnten Weiten, deren Zeuge die Begnadeten der Erde sind in ihrem Sich-die-Zeit-Vertreiben.

Funkelnde Magie beherrscht das Schweigen der Unendlichkeit, in dem die Wesen alle ihrem Part gemäss den Dienst am Leben wollend und begreifend immer seinsbewusster und begeisterter vollbringen. So herrscht in der Raumnacht, von Mir angezettelt, heller Tag des Unterweisens, Tüchtigkeit-Beweisens und Gefälligkeiten- Dartuns überall im zierlich abgesteckten Rahmen des Solaren, wie dem Seinsgigantischen der Galaxie, die die Vertreter Meiner Wissenschaft bewohnen.

Was dich erwartet, wenn du ins kosmische Bewusstsein emergierst, ist eine wunderbar gediegene Vertrautheit mit dir selbst, indem du Meines Einsseins Züge annimmst und erkennst als akkurat die deinen in der Wesensgleichheit, die dem Sein allüberall gemäss und eigen ist in seligmachender Verbindlichkeit und im Erstrahlen gleichen Sinns und ebensolchen Heiterseins am Firmament der sich vergleitenden Äonen.

4.5
Gerade das darf sein, dass Ich Mein Attribut der Göttlichkeit an eine Welt der festen Formen und Phalanxen, Fabelhaftigkeiten und Erfolge fugenlos versinne, um Mir Luft und Leichte zu verschaffen in des Denkens allgewaltigem Stil. Ich mag Mich nicht mehr zieren, wenn die Lust Mich ankommt, das Gigantische des Weltenseins gigantisch auch herauszusagen aus den Schlünden, Gründen,

Eruptionen und Entschlüsselungen Meines Seelenseins, dem Ich die allergrösste Achtung und Bewunderung zolle.

In dem einen allerhobnen Hiersein Meiner majestätischen Gebärde des Erwachens in Mir selbst, bedenke Ich das Jetzt der Zeit, in dessen Mitte Ich ein Punkt Bin vor und nach unendlich ausgeschütteten Äonen. Voll Seele bilde Ich Mir den Begriff des Liebevollen, das das Sein durchströmt und warme Anteilnahme zeitigt, Herzlichkeit, Frohlocken und entzückendes Beleben.

Ich reife einem noch viel Grösseren, als Ich Mir Bin, entgegen, von keinem Ungemach gehemmt und von der Sehnsucht nach Unendlichem zu dem geleitet, was die Fülle ist schlechthin und was Erfüllung in beliebiger Potenz bedeutet, der Ich Mich bewusst und innig, klargesichtig und solvent vergebe.

Ein Manuskript bedeut Ich Mir, an dem sich eben jetzt die Reinschrift glorioserweis vollzieht und das, ins Weltensein verflattert, Kunde gibt von der Allherrlichkeit der Sphären, die Mir seinsbewusst und weise, wirkungsvoll und virulent beständig zur Verfügung stehn.

Ich teile mit, dass dir um soviel Grösseres geschieht, als du dich grösser auch empfindest und dass Ich dein Vertrauen dazu brauche, um dich Meiner Wohlfahrt und Verfügbarkeit gewiss zu machen, auf und ab und her und hin in der Dynamik deiner Lebenszeiten. Mache Mir nichts vor, damit Ich nicht gezwungen Bin, dir dein Benehmen vorzuhalten, Ausgleich schaffend, Remedur, Begütigung und Gleichgewicht in deinem Seinsrumoren. Was das Loben anbelangt, so soll es von dir reichlich und gewissenhaft getätigt werden, um Mir zu bedeuten, wie dus schätzest, dass Ich deine

Unbeholfenheit und Rauheit kompensiere mit des Geisteswirkens genial gesandtem Strahl.

Bewahre, was du weisst und singe deines Wonneseins Erhabenheit weit in den Umkreis deines Dich-Empfindens; Verkünde dir und aller Welt mit innigem Bezug, auf was du Bist, dein Herzens lichterfülltes Wohlbehagen.

4.6
Hast du ererbt von deinen Vätern, was du hütest? Dann hast du es noch zu erwerben, sag Ich dir. Talente zu vergraben, nützt nicht viel. Du musst sie erst zur Blüte bringen, bis sie wirklich dir gehören. Ein Portiönchen Klugheit wünsch Ich deinem Lebensstil, damit du nicht ergatterst, was dir nicht gehört und nicht zu viel erringen willst in der Geschichte deiner sagenhaften Ambitionen. Was immer aus der wohlbedachten Mitte fällt, das kreide Ich dir an und klopf dir dessetwillen auf die Finger, dass dus vermeidest anders sein zu wollen, als für dich und für die Welt gerecht ist, wohlbekömmlich und gediegen.

Schau nun gut auf das, was vor dir abläuft an Begünstigungen, Raritäten und wohlfeilen Schnäppchen, die dirs Wasser auf die Zunge treiben und die Tränchen in die Augen vor Verlangen, es in deine Dingwelt und Bewunderung zu holen. Sieh zu, dass es mitnichten dir zum Schaden wird und verschenk es lieber dem, der seiner mehr bedarf denn du.

Kümmere dich eher um das Sein, als um das Haben in der Rolle, die du auf dem Lehrpfad der verheissungsvollen Lebensfloskeln spielst, derweil du deiner nicht bewusst bist, welchen Eindruck deine Kapriolen bei Mir und den Meinen hinterlassen. Wache, bitte um die rechte Führung und sei unbesorgt um deiner Brötchen willen, weil gerade du in Mir ein unveräusserlicher Wert bist und Gespan der guten Sitten, die Mir allerliebst am Herzen liegen.

Rühre ohne Mich nichts an, befleiss Ich Mich dir mitzugeben auf den Weg der guten Hoffnung und des Siegeszeichens, das Ich dir auf Stirn und Wangen präge, Meinem Rüstzeug und Befund gemäss in deinen Angelegenheiten.

Ich mischle immer mit und so kannst du gewiss sein, dass für dich die besten Karten obenauf vor deinen Fingern liegen. Machs nach Meinem Gusto gut, will Ich noch sagen und – schwupps verberg Ich Mich galant und weise, lächelnd und geheimnisvoll im Numinosen.

4.7
Von Sein zu Sein direkt verbunden Bin Ich jetzt mit allen Wesen allweit in der innigsten Barmherzigkeit, die Ich mit ihnen pflege. In der vollendeten Erkenntnis Meiner Geistigkeit liegt allen Fortschritts Ursach und Begründen. Im Schweigen der Unendlichkeit vollzieht sich an Mir der bedeutungsvolle, unerschütterliche Wandel vom Erleben Meiner Erdgebundenheit zu dem des heiligmachenden und heitern Freiseins von jedwelcher Illusion.

Nichts als Gedanken und Gefühle prägen, was Ich Bin und was dem Künftigen verpflichtet ist im Wohllaut der Potenz, mit der Ich vehement und unbeschadet höhwärts strebe. Mein Reich ist das Unendliche, wie Mein Beglücken, dass da alles, was Ich will, sich auch erfüllen muss mit allen Details Meiner Schöpferphantasie, von der Ich so gedeihlich zehre. Ich wende Mich dem Inbegriff des Lichtes zu, das Ich Mir Bin und das Ich, hocherfreut und wunderbar berührt, in Mir gewahre. All so belebt sich auch die Szene Meines Mich-Beschauens und erfüllt sich mit den grössten Geistern der Geschichte, die den Lauf der Welt aus ihrer Sicht und Eigenart aufs Trefflichste erklären. Mir bleibt zu tun, Mich ihnen wesenhaft und schicklich zu verbinden in der Kunst der Anteilnahme am Besonderen ihres Schicksals und Gehabens, währenddem an ihrem auch das Meine sich erfüllt, enthüllt und sich unweigerlich dem All verbindet in wunderbar begütigenden Zügen.

Seinslebendig ist Mir alles, was Ich vor Mir seh, und das Erhabene bewegt Mich mit erstaunenswerter Resonanz und fabelhafter Dichte des Sich-Präsentierens.

Ich wende Mich in allem Meiner Seinsgeselligkeit und Fürbitt, liebevollen Pflege und Erbaulichkeit entgegen und erbarme Mich der eigenen Bedeutsamkeit, indem Ich Mich dem Seinsbedeuten aller Wesen tief verpflichtet fühle, die da sind und ihres Daseins Sinn und seelenvolle Sanftmut pflegen. Explizit hängt alles von der Güte ab, mit der Ich in Gedanken, Herzbewegtheit, Willensstärke und Bewusstheit operiere. Seinserleuchtet und gediegen soll, was Ich erschaffe, sein und soll sich in das Ganze fügen, das da ist und ist ein Zeichen Meiner Würde, Redlichkeit und Kompetenz, Sinnkraft und Gefälligkeit am Leben. Eine Deklaration der Stärke und der Liebenswürdigkeit geht von Mir aus, sowie vom inneren Reichtum, den Ich Mir erworben habe. Lassen wirs nun gut sein, was da kommt und geht und was verpflichtend ist und unbedeutend in der Folgerichtigkeit des Handelns und der Grazie am Sein und Weben, Seligsein und Intonieren trefflichen Geschehns am Horizont der Unermesslichkeit, in den Ich Mich gekonnt, begeistert, liebevoll und seinsgerecht verschwebe.

4.8

Auf höheren Befehl amtieren heisst, sich die Lebensdinge von der andern Seite her besehn. Wirklich gut beraten bist du, wenn du lernst, ein Sprachrohr des Unendlichen zu sein; gerade wenn dus nicht im Kopf hast, formt sich dir das Wort in freudiger Entschiedenheit gemäss dem Sinn, den es vertritt, wie an der Melodie, die es veräussert, licht und warm und morgenschön.

Ich stelle dir anheim, was Ich zu sagen habe; doch muss Ich deines Lauschens und für dich Gewinnens sicher sein, damit was Rechts herauskommt und die Worte sich in dir nicht überschlagen in der Kuriosität des Ablaufs, dem sie unterstehn.

Sei erpicht darauf, von Mir zu lernen, was sich schickt für deine Art des Ausdrucks und des Wohlbehagens an dem, was du fertig brachtest, traut und edel, eloquent und wohlgeraten.

Hast du dich verhaspelt, gib es zu und grabe dich nicht immer weiter noch ins Miserable und Abscheuliche hinein. Es drängt die Zeit, nur noch dem Trefflichen und Allerliebsten einen Kranz zu winden in Form und Inhalt, dem Gesetz gemäss, an das Ich das Phonetische gebunden.

Sei immer wahr in klarer Diktion und lass beiseite, was nicht in sich stimmig ist von A bis Z und weder schwülstig noch eiskalt im Wohlverstand, den es vertreten soll und in der Herzlichkeit, die das Gefühl des Lesers anspricht und bewegt.

So sei es denn genau, wie Ich es wollte und wie es Meiner Absicht nach zu gelten hat in allen seinen Wendungen und seinem Blinken und Versinken, seiner Redlichkeit und Munterkeit, - der Milde, Zartheit, Süsse, Freundlichkeit und Figalanz gemäss, womit es das Geschehn beleuchtet und vertritt, um dann genau zur rechten Zeit ins wunderbar gefällige Verstummen einzugehn.

4.9

Und rückwärts zählst du und erzählst dir die Geschichte jeden Lebenstags, den du in Freud und Leid begonnen und versonnen, abgeschlossen und verlassen hast im Wunder deines Daseins vor dir selber, wie vor Mir. Gehörig klopfst du aus den Teppich deiner Taten und erinnerst dich ans Ungebührliche und Gute, Schwächliche und Powervolle, das für alle Zeiten in Mein Weltgedächtnis eingeschrieben ist. Dort wird es dir zum Lob, zur Sühne, zur Erfüllung unbedingter Seinsgerechtigkeit im Geisterlande, dem du zweifellos zuallererst und schon für immer angehörst.

Spute dich, um nachzuholen, was du schon versäumt hast, über Mich und Mein Gehaben zu erfahren, über die Gesetze der Unendlichkeit, die von Mir kommen und unerschütterlich in sich bestehn das Fabelhafte zu bewirken und den Endpunkt des Vollendens himmelhoch zu setzen vor der Myriadenschar der Wesen Meines liebevollen Anhangs und Kalküls.

Was bist du dir ein rechter Tunichtgut, bevor du dir gewahr wirst, dass dich ständig Meine Schwinge streift, um dir das Walten und die Wirkung Meines Gegenwärtigseins behutsam aufzuzeigen, ohne die kein Deut geschehen kann im Weltenblasen, Rasen, Innehalten und Geduldigsein in Mir.

Mein Wappen und Signet ist unauslöschlich in dein Herz geschrieben, um dir zu erklären, wer dein Ahne ist und wessen Werk du schlecht und recht verrichtest in der Tage Feuerwerk und Stil. "Steh Mir bei", sollst du beständig nach Mir rufen und Mir so gestatten, deiner Winkelzüge und verheissungsvollen Gipfelstürmereien Herr und Führer, Pate und Beförderer zu sein in allen noch so anspruchsvollen Lebenslagen. Ich streite nicht um deine Gunst, doch wenn du Meinem Anruf hörig bist, erstreite Ich dir liebevoll und vehement dein Recht vor aller Augen, wenn's dem Weltentfalten dienlich ist vor Meinem Wachsein im Allhier.

So wandle denn den Weg zu Mir in reifer Unbescholtenheit, Mein Siegel und Prägnat im Herzen und die Gewissheit im Gemüt, dass du Mein Wille bist, der Gipfel Meiner Weisheit und Mein pochendes Geblüt in allen deinen Angelegenheiten, deinem Missmut und schlussendlich deiner Seinsglückseligkeit und deinem himmlischen Frohlocken über den Erfolg von allen Mühn im gotteswürdigen Gelingen.

4.10
Ewig, ewig glücklich, unbeschadet, hell und heiter Bin Ich Mir des Seinserlebens Wohlbesonnenheit und Stil. Völlig kummerlos und ohne jeden Anspruch Bin Ich Meines sakrosankten Wesens Zierde, Radikalität, Behutsamkeit und Seelenfülle, Mich pflegend und belebend, unterweisend und Mich seidenweich und sanft an Meine Schöpferkraft erinnernd, Virulenz und strömende Wahrhaftigkeit und Klugheit in der Kunst des liebevollen Selbstbestehns.

Dies alles ist und war der Angelpunkt der Strategie, mit der Ich Mir das Wunder kosmischen Erblühns bescherte, den Geistruf über eine unermessne Leere hin, das Wesenhafte zu gestalten und ihm Form und Raffinesse, Liebefähigkeit, Gewandtheit, Denkkraft, Schaffensfreudigkeit und Eigenwürde zu verleihen. Einen Menschengott zu generieren hub Ich an, Mir Festes denkend, schwebend und in sich gerundet in lichterstrahlender Unendlichkeit, massloser Stille und bewundernswertem Sich-im-Riesenkreis-Bewegen. Auf dem Festen muss es Schönes, farbig

Spriessendes und Schattenspendendes, Anmutiges und Nährendes, Beglückend und Geschmeidiges geben, wünschte und erdacht Ich Mir in einem Weise-und-Gewandtsein ohnegleichen.

Dem sich frei Bewegenden begann Ich Existenz und Zuflucht, Selbsterhaltung, Eleganz und Grazie zuzuwenden. Alles dies als Basis für ein Wesen ganz nach Meinem Mass ins Mikrokosmische gegossen und veranlagt, in sich selber eines neuen Weltenseins Bedeutsamkeit und Würde darzustellen, als in Mir, von Mir, sowie als Meines Seins Gefährte und Gewähr.

Ein äonengängiges Projekt ist der Verwirklichung in Meinem Sinn und Gleichnis, Meiner unaussprechlichen Geduld und Meinem Richtwert und Befehl anheimgegeben. Mitten im Entfalten und Erhalten, Querulieren, Einsicht pflegen und Sich-der-Vollendung-zu-Bewegen, Bist auch du, o Mensch und Bist auf einer von unzählig angelegten Welteninseln Meiner Schöpferphantasie und Poesie des grandiosen Mich-Verspielens an Mein Werk im Universenschaffen, meisterlich und gütig, graziös und zärtlich von des Seinsbewusstseins Ziel und Gnaden.

So sei es, ist es und so wird es sich beschliessen in der Tag und Nächte Brausen, im Gewimmel der Gestalten, wie in ihrem Aufblühn und Vergehn. Alles, alles ist Mein Seins Gewicht, Gefieder und Verschwenden, Mein Bewusstseins Wallfahrt und Geschehn.

Und wird es mählich einst verblassen, bleibt das Trauliche, Beschauliche, unendlich Heitere und Wonnevolle Mir erhalten ewig, ewig, seidenweich und seligen Frohlockens auch in dir.

4.11
Vollbild, Leerbild alleweil von Mir im Blitzgewitter, das die Seelenstille frisst und künstlich Tag gebiert für Tausendstels Sekunden. Scharf geschnittne Wirklichkeit erscheint auf dem Papier in penetranter Farbigkeit, jedoch das Seelenhafte, das Ich unerkannt in allem Bin, geht massenweis verloren.
 Schön und zugleich schrecklich kann das Technisierte sein, das sich in gar vielen Fällen selber ad absurdum führt im täglichen Gebrauch und Wüten. Vernünftig ist, was je und je der Sache wahrhaft dienlich und gewogen ist, die du dir vorgenommen.

4.12
Allsobald, wie du gewissenhaft voll Glut und Güte Meinen Plänen anhängst für die Welt und willig bist, dem grandiosen Werk Tribut zu leisten, erlöst sich dir die Widersprüchlichkeit der Zeiten in eine Minne ohnegleichen, Meiner allgewaltigen Schöpferkraft entgegen in des Weltenseins Vermessenheit und Ziel.
 Jedoch zu allem, was geschieht, will Ich dir sagen: Mir ists ein wunderbar geläufig Spiel in allen Sparten der Geselligkeit und Wohlbesonnenheit, die Ich betreibe. Schliesslich kann Mir alles Wagen, Pläne-Hecken-und-Begraben, Widerständen Denkkraft-und-Paroli-Bieten gar nichts and'res sein, als ein gefällig Seelenabenteuer, dessen glorioser Ausgang unbedingte Heiterkeit, Erfülltheit und Gottseligkeit gebiert im unerhörten Aufwall und beneidenswert geniesserisch beschloss'nen Kräftespiel. Wer wagt, führt sich auf jeden Fall zu einem Sieg im Stärkerwerden, Genialität-Entfalten, Kühlen-kühnen-Kopf-Behalten und Die-Sache-nicht-zusehr-Forcieren vor sich her. Ich beschreibe haar-

genau den Bogen, den Ich mit Vorsicht, Schöpferphantasie und Klugheit abgezirkelt habe. All Mein Walten ist ein Resümee grossartiger Gedanken und der Inbegriff der Aufgeräumtheit und Entschiedenheit geradeso wie der des wunderbaren Feingefühls, mit dem Ich ständig operiere.

Freimut, Lachmut, donnernde Gebärden und subtile Winke sind die Mittel, ganze Völkerscharen auf den Weg zum Freisein von der Eigennützigkeit zu führen und aus der banalen Lebensweise einen Zug zur Weisheit und Ergriffenheit hervorzuzaubern in den Seinsgetreuen Meiner Wahl.

Ich bleibe fest in Meinen Ämtern, derweil die Menschlichen wie auf dem Karussell gewechselt werden in des Lebens Trieb und Sorgenlosigkeit, Durchtriebenheit und Wildheit, würdevoll und bacchanal.

Ich lenke und bedenke Mich in ihm im Sinn des gütigen Unterweisens und mache gut was vordem misslich war. Ich hebe Meine Bürgen zart und zielbewusst in bess're Regionen und weide Mich am Fortschritt, den Ich fraglos und beständig impulsierte. Nun gut, die Räder drehen sich geflissentlich Mir zu und die Gemüter wachsen in das Wohlgefühl der Sicherheit im Menschensein hinein in wunderbar gesegneten und aufgefrischten Tagen. Geh mit Gott, ruf Ich dir zu und sei in ihm gerüttelt und geschüttelt, gutgeschrieben und gesegnet, seinserhaben und aufs Trefflichste dem Herzensglück verschrieben.

4.13
Malachit der Hoffnung auf ein heiles, wunderbar gelass'nes Leben in Vertrautheit mit dem Ewigen und Unverwüstlichen im allergnädigsten Allhier.

Cantadores der Unendlichkeit sind die geprüften und für gut befundenen Verkünder Meiner Mär vom anderen Ufer, wo die Barke lautlos anlegt und der Wanderer im Morgengrauen unbekannte Flur betritt, um alsbald neuer Sendung zuzustreben. Seine Losung lautet: Bin Ich denn, so kann man Mir Mein Sein nicht nehmen. Mutig schreite Ich voran und wende Mein Bewusstsein nacheinander allen eben noch vergang'nen Lebensdingen zu, um dann, beständig rückwärts strebend, bis zur Jugendzeit des Lebensabenteuers, im Erinnern fortzufahren. Was Ich andern antat, wird nun Mir getan und wenn Ich jemand eine Gunst erwies, darf Ich nun günstig von ihr profitieren. Das alles bildet Mein moralisches Empfinden und bildet es fürs nächste Leben aus, dass Ich dort menschenwürdiger und gütiger agiere.

Bewusstsein ist ein unerbittliches Kontinuum von Wachheit, Einsicht und Empfinden eines Daseins von bedeutungsvoller Vielfalt und erhabenem Bedenken. Es ist das Sein an sich, das sich im Selbsterkennen als das Eine sieht, das unteilbar durch alle Welten sinnt und flutet und schlussends der Urgrund ist des Sich-Entfaltens-und-Vergehns.

Erkenne dich im Sein, will Ich als allerbesten Ratschlag von Mir geben und sei so in die Sphären der Gottseligkeit geführt, wo alles richtig, wichtig, hilfreich und genehm ist, was geschieht und wo die staunenden Gemüter liebevoll bewahrt in der urewigen Heiterkeit Elysiens verweilen.

4.14
Macht den Mächtigen, Ohnmacht den Betrübten, Wegelagerern und Möchtegernen in der Seinsgesellschaft, als von Mir gewichtet und gewoben, toleriert und austariert, Meinem Recht und Meinen Regelmässigkeiten zu genügen. Ich setze Brände,

wo die Feuer lohen, Aufruhr, Widerstand und Einsicht stiftend einem Weltgeschehn von grandioser Folgerichtigkeit und weiterführender Konstanz im Strom der Evolution, den Ich antreibe und erleide, leidenschaftlich und markant vom Herzen mitgetragen.

Spürst du Meinen Hang, Perfektes zu erreichen, seis im wissenschaftlichen Kalkül, seis in der Sparte des Empfindens, wo alles münden soll in eine wunderbare Harmonie der handelnden Gemüter, deren einzigartig Ziel es ist, dem Rätsel ihres Seins und Strebens auf den Grund zu kommen, immer wacher werdend und bewusster in des Tagewerks erschütterndem Befehl? Ich packe Meine Pappenheimer an der Stelle, wo es etwas auszubessern gilt und wo Bequemlichkeit und Zögern ungeniert sich etablieren wollen in den menschlichen Bewusstseinssphären, derweil wie eh und je Begeisterung und Lebenskraft, Zielstrebigkeit und Freude fliessen sollen überschäumend vor Mir her.

So trachte Ich danach, Aufmerksamkeit und ein Gefühl fürs Ganze und Gewaltige zu generieren, das sich inmitten weiterschreitender Äonen sieht und von dem einen Wunsch beseelt ist, unbeschwert und frei und fröhlich, gottesgläubig und gerecht zu werden einer Allmacht gegenüber, die in ihnen west und wirkt und deren redliche Bekenner alle werden sollen in der Zeiten Benediktum, Wucht und Wohl.

4.15
Ich nehme Anteil am All-Hier, das Ich betreibe. Ganz ohne Not Bin Ich beileibe nicht hiehergekommen, denn jedem Ausbruch liegt ein brennendes Motiv zugrunde, das in diesem Falle heisst: Ich will die Seinserfahrung in den Meinen

steigern so ins ausserordentlich Plausible und Gediegene, dass Ich sie kaum noch unterscheiden kann von Meiner eigenen im kosmischen Bewusstsein, dessen Ich Mir inne Bin in wunderbar begriff'nem Selbstgenügen.

Das Wesenhafte aber, das aus Meiner Fülle emergierte, gestaltet sich nach dem Prinzip des Kräftesammelns und Vertuns in alternierender Behutsamkeit und Zugewendetheit nach oben, wie nach unten, von der Stelle aus, die es sich freien Sinns errungen mit beträchtlichem Elan.

Trägt das Erschaffende den Willen in sich, seine schöpferischen Qualitäten selbstbewusst und siegessicher auszuleben, so ist es darauf angewiesen, dass das von ihm Geschaffene zurückstrahlt und ihm damit Helfer wird zu weiterem Entfalten.

Dieses auserlesene Geschehn zieht sich galant durch alle Sphären Meines Gegenwärtigseins von den Bescheidensten der Wesen, bis zu den himmelhoch emanzipierten Geistern der Persönlichkeit, die eben daraus ihren Vorteil zieh'n, dass sie vom Schlag der Menschen das Arom der guten Taten wunderbarerweis empfangen können.

Solcher Art ist eingerichtet, was Ich Meine Schöpfung nenne und zu der Ich Mich bekenne, als der Hüter und Begüter sonnenklar. Alles ist aus Mir gegossen und in Mir beschlossen durch die lebenslustige Äonenzahl, in die Ich Meines Seins Gelassenheit verströme: friedelächelnd, heiter und gesellig, wonnevoll und wahr.

4.16
Wahrhaftigkeit und Güte sind das Lebenselixier, von dem Ich in der Benedeiung grosser Zeiten unaufhörlich zehre. Es trifft sich gut in dem Geflecht

der Seinsverstrickungen, das Ich Mir zugeeignet habe, dass in Mir ein unbeugsamer Wille herrscht, die Dinge wohlgeordnet und gesittet darzustellen im Entfalten, das mit ihnen sukzessiv geschieht und das sie selber sich in der hochedlen Kunst wahrhaftigen Lebens rigoros und hochgemut gewähren müssen.

Vorbeugend biet Ich allen stürmerischen Wesen Einhalt, wenn sie sich dahin verrennen wollen, wo erbarmungslose Sümpfe, Angelhäkchen sowie hundert and're Fährnisse klammheimlich auf sie lauern. Sie spuken zwar hinein, doch lass Ich keines der Geschöpfe ihretwegen darben und zugrunde gehn, doch führ Ich sie gekonnt zur Selbstbesinnung und zum siegessichern Aufschwung in der Folge ihrer Taten. Lass ab davon, verbrenn dir nicht die Finger, flüstre Ich den Schläulingen und Schlangenfängern zu, die Meiner Ordnung und Geselligkeit entgleiten wollen und wehe, wenn sies trotzdem tun. Ein schwerer Schlag aufs wankelmütige Gemüt wird sie zur Räson bringen und zum Bewusstsein der unendlichen Zusammen-hänge, in denen sie unweigerlich und unauslöschlich stecken, als in einem Einssein ohnegleichen mit der allerfüllenden Substanz, die Ich im Sein repräsentiere und die dir immer wesenhafter, wirklicher und unerschöpflicher erscheinen soll inmitten deiner vielen Fiktionen.

Es wird sich dir als offensichtlich, hilfreich und bemerkenswert erweisen, dass du dein Ich Bin erkennen kannst und dich darüber beugst wie über eines Kleinods liebgewonnenes Strahlen, das du geflissentlich behütest und aufs innigste verehrst.

So rechne denn konstant mit Mir und Meinen über dich gebreiteten, gar wunderbar beflügelnden und sakrosankten Zeichen der Gewogenheit, mit denen Ich dich treulich, liebevoll und sicher dorthin führe, wo dein Sein zur reinen Wonne wird und zur Beständigkeit im Guten, das dich ewig unterhält und deines Auferstehens Zeuge ist im Sinnkreis schieren Wohlgeratens.

4.17
Ohne weiteres gewähr Ich dir die Gnade, zu den Auferweckten zu gehören, die vom Unsinn der ins Erdenreich Verkrallten als erlöst zu gelten haben. Du bereitest dir aus allem, was du Bist, ein wohlgeordnetes Imperium der guten Sitten und lebst als anerkannter Bürger zweier Welten Musterdinge vor in stetem Weisheit-Aneinander-fügen. Warum, fragen die Gewiegtesten der Häupter und Gedanken-akrobaten, Wünsche-Generierer und Quadrillen-Tanzenden, gelingt dir das? Ich resümiere: Lass dich nur von dem beraten, was Ich deinem Herzempfinden einverleibe und gesteh'. Geh in dich in ruhiger Begeisterung an deinem Sein und Leben genauso, wie es eben ist und deines Schicksals Wege darstellt, als von dir gesucht, gewollt und angegangen. Werde dir bewusst, dass alle deine Aktionen auf der Basis Meiner Seinsgeschicklichkeit gescheh'n und dass dir aufgegeben ist, auf ihrer All-Gewalt dein eigenes Regie und stattliches Refugium zu bauen, mit dem Mein Werk gekrönt und mit dem Ehrenpreis begabt wird in glückseligen Tagen.
  Ermanne dich zum Wort: Ich bin in Dir und Du in Mir, das deinen Zustand ausserordentlich geschickt und trefflich definiert und dir die Würde Meiner Überlegenheit gewährt aus vollen Schalen.
  In Mir bist du zum Binden, wie zum Lösen lizenziert und kannst dein Dasein als ein Freier und Gesegneter, als Lichtgewordener und Weiter-führender gestalten. Du wirst zum Phänomen, an

dem die Wertesucher sich erbauen, inniglich erfreuen und zu Meinem Seinsgehalt geleiten lassen.

4.18
Topfit auf ewig Bin Ich Mir in der Wucht der Grenzenlosigkeit, aus der Ich Meine Schlüsse und Besondernisse zieh. Ungeniert und wacker untersteh Ich Mich zu jedem A den ganzen Rest des Alphabets geläufig und gekonnt dazuzusagen, dass darob ein Meisterwerk und ein Geniestreich nach dem anderen ersteht im gloriosen Weltgefüge.

Profil, Bewegung und Empfindung schaffend, steh Ich Mir selbstbewusst zur Seite im Äonenrauschen, das Ich füglich und manierlich, unerbittlich, überwältigend und seinsharmonisch inszenier, um Meiner Schöpferfreude freien, wohlgelungnen Auslauf zu verleihen. Stabilisierend und begütigend umgreife Ich mit Geistgewalt, unendlichem Geschick und unerschütterlicher Treue zur Erhabenheit des Werks, was Ich begonnen, wetz' geduldig und galant die Scharten aus, die ob der alles überragenden Komplexität des Ausgedachten unbedingt entstehen müssen und Bin begeistert über jeden Sieg und jedes Seinsvollenden, das Mir offenbar gelungen.

Ich Bin ein überzeugter Taschenspieler, Randalierer, Radschläger, Luftibus und genialer Pokerer in allen Sparten der Geselligkeit und ungemein beförderten Begeisterung am Weltensein und Leben, dem Ich Meine besten Kräfte leihe und Mein immerwährendes Elixier der Hoffnung auf Gelingen und Ertüchtigung im meisterlich getunten Spiel.

5

Eine Küstenwache stell Ich auf

5.1
Vorbei. Dem Nächtigen hab Ich den Laufpass und damit das Signal zum Niedergang gegeben. Ich ernte Beifall und Begeisterung von allen Seiten, wenn Ich mit Meinem Lichthauch eine Welt zum hellen Tag erhebe, womit Ich allen Dingen Glanz und Wirklichkeit verleihe, die da sind und selig ihres Seiens Wert vertun.

Eine Küstenwache stell Ich auf, damit kein Unvorsichtiger im Meer versinke und der Abergründigkeit entgegendrifte, statt mit Sang und Klang ins Freudenlicht zu gehn. Gesegnet sind, die Meinen Rat geflissentlich befolgen, sich in der Hemisphäre Meines Strahlens aufzuhalten, damit kein Ungemach sie treffen kann im Sauseschritt der Zeiten.

So ist, was immer Ich befehle, Tagesordnung und Geleit zum Aufschwung in die Höhen Meiner Zuversichtlichkeit und brandenden Begeisterung am Leben, Wirken und den Weltenlauf verstehn. Fortwährend trag Ich Mich ins Guinnes Buch der Weltrekorde ein, indem Ich hinter allem steh, was die Gemeinde Meiner Wesen schafft und schaufelt, als gelungen und erreicht erklärt und atemlos erhastet in der Sucht nach Anerkennung, Meisterleistung und gebührender Bewunderung der Siegestaten.

Dabei müssen alle nach Erfolg und Glorie Drängenden wie jederman mit purem Wasser kochen und können die vom Physischen gesetzten Grenzen nimmer überschreiten, es sei denn hin zu Mir, der Ich die Majestät des Geistraums grandioserweis beherrsche und von Sagenhaftigkeit und Willkraft sprühe, mit denen Ich das unerreichbar Scheinende galant und sicher, seelenselig und gekonnt dennoch zur Wirklichkeit berufe.

Wo Ich anerkenne, ist der Held zum vornherein bekannt, als der Ich Bin und dessen Wucht und waltendes Kaliber niemals überboten werden kann im wohlerwogenen Kalkül von Weltenbürgers Gnaden. Vor Meinem Donnerwort muss alles noch so Figalante schweigend abziehn von der Szene und Mir das Feld, den Ruhm und die Gewinste überlassen, die von Meiner Grosstat zeugen und von Meines Siegerseins Bravour.

Hast du begriffen, was Ich meine, meinst auch du, dass es sich lohnt dem Unvergänglichen auf Schritt und Tritt zu folgen in des Lebens Sinngedicht und Spur. Es hört sich wie ein Märchen an, wenn Ich dir sage, dass die Meinen bis aufs Blut in Mich verschossen sind und vollends unvernünftig scheinen, derweil gerade ihnen Meines Sinnens Klarheit und Gewicht, Gewieftheit und unendliches Geflüster zusteht, als in einer Gabe des Vertrauens und des Inneseins markanter, liebevoller Güte, die Ich den Hoffnungsvollen wunderbarerweis gewähre. Sie sind die wahren Träger einer Zukunft des Frohlockens an der Niederkunft der Göttlichkeit ins menschliche Revier. In ihnen löst sich aller Hader auf in Minne des Gerechtseins an der Unerschöpflichkeit der Sphären Meiner Gunst und Güte, Meiner Kunst des seelenvollen Handelns und der Wonne, die Ich Mir am Sein bescher.

5.2
Der himmlischen Gelassenheit verpflichtet, die Ich Mir zur Wohnstatt und zur Zierde schuf, bewahre Ich Mich in der Qualität allherrlich heiteren und wonnevollen Friedens. Ich halte Mir zugute, dass Ich Bin und halte strenge Wacht darüber, dass Ich nimmer es verliere in dem Vielerlei der Argumente und Betrachtungen, Charismen, Präsentationen und Erfolge, die Ich zu verzeichnen und verwalten habe.

Losgelöst von jeder retardierenden Schikane, die sich selbst ins Abseits Meiner Heilsgeschichte dirigiert, erlebe Ich Mich als im makellos gerundeten, gesundeten, dem Seligsein vergebenen, allüberall entfachten Wohlgefühl der Sphären, die Mein Hort und Meine Heimstatt sind im würdevollen Sein der Geisteshöh'n.

Ich halte Mich äonenlang in einer glückerfüllten Schwebe der Natürlichkeit und Selbstverständlichkeit am Sinnspruch Meiner Güte und bewahre Mir das Recht, in liebevoller Schöpfermission aus Mir herauszugehn, um da und dort und hin und wieder eines Weltsystems Gefieder aufzurichten in der Raumkraft Meiner dichtenden Gedanken, wie der mythologischen Gebärde, mit der Ich aus dem Zustand allgemeiner Sichtbarkeit und Relativität behend und sicher wieder zu verschwinden pflege.

Nicht zu fassen Bin Ich von der eignen Klugheit, die Ich Mir mit Vehemenz und Raffinesse, beispielloser Kühnheit und Beweglichkeit erschuf, denn sie muss sich unbedingt in ihren Grenzen halten und ist den Philosophen, Spekulanten, Welteroberern und Fabrikanten vorbehalten auf Meiner gloriosen Daseinsspur. Ich tricht're den Gelehrten ein, was Ich Mir so ersinne und lasse Himmelsweisheit walten, wo die Dinge, selbstgefällig und verschroben werdend, auszuufern droh'n.

In Mir ist alles Wohlgeborgenheit und wonnevollerweis behütete Bescheidenheit und Weiselosigkeit, in der Ich Mich begeistert und behutsam, majestätisch, makellos und seinsgelassen bade. Meine Attitüde ist wie die des Grosswesirs, der alles hinter sich gelassen, was ihn je dazu beflügelte, es auch zu werden in der unendlichen Geschichte seines Seins von eigenwilligen Gnaden.

Ich Bin und habe Mich um keinen Zeitbegriff und keinen Terminus zu scheren. Mein Bewusstsein deckt gefällig, leichthin und gewissenhaft das Vorher, Nachher und die Mitte jeglichen Bedenkens, das da ist in abermillionen Einzelfeuern und Besonderheiten Meines Seinsbegriffs als in den Götterglut- und Menschengeister-sphären.

Ich hebe, wo es weise ist, Mich selber auf in Meinen Ambitionen und mache andere Mir zum beflügelnden Befehl. Es geht nicht an, dass Ich Mir auch nur die geringste Fehlerhaftigkeit erlaube und so ist die bewusste Korrektur und Richtigstellung Meiner Angelegenheiten Mein beständig Metier, mit dem Ich Mich im All der Dinge bestens arrangiere.

Die alleinige Tücke ist, dass es dir, vielgeliebter Seinsgenosse, so bedenklich schwerfällt dein Bewusstsein auf Mich einzustellen in der Weise, dass es sich als Meines anerkennt und recht behutsam und beständig, seelenvoll und gütig danach handelt, ohne links und rechts zu schauen, ob die andern es auch tun. So ermahn' Ich dich, mach vorwärts in der Disziplin des Gotterfahrens in den Weiten deines Seinsgewissens und der wundervollen Perspektive, die daraus ersteht. Ich komme dir zehn Schritt entgegen für jeden winzig Einen, den du tust und lasse keines der von Mir geschaffnen Wesen an sich selbst vergehn. Ich erhebe und belebe und berücke und beglücke dich, so viel du immer Mirs gestattest in der heiligen Geruhsamkeit und Mitte, die du akkurat in dir und damit auch in Mir gefunden. Es ist des allerfüllenden Elysiums Gefilde, das dich von Mir umflort und dem du auserkoren bist als würdiger Scholare, sowie als Meister der Genügsamkeit und Heiterkeit am Sein und Leben, Seligsein und Wittern Meiner heiligmachenden und aberkühn gelegten Götterspur.

5.3
Wer möchte nicht in einem Traumschloss leben und sich bedienen lassen Tag für Tag von einer wohldressierten Garde guter Geister, die ihr Handwerk recht gewissenhaft und jugendfrisch versehn. Würdest du an Wert gewinnen, frag Ich dich bei einer solchen Daseinsprozedur? Kaum, dass Ich wüsste, denn durch Luxus wird der Ernst nur allzu leicht geritzt und untergraben, durch Verwöhnen braucht's ein Schrittchen nur und du gewöhnst dich an den Zauber, der dirs leicht macht abzugleiten ins Präsidium von Eigennutz und bitterbösem Dich-Beklagen.

Da obliegt es Mir, dein Leben mit des Schicksals rabenschwarzer Schwinge zu berühren und dich vehement und wirkungsvoll aus dem gewohnten Trott und Trampelpfad hinauszudirigieren, dass du Mir erwachst von deinem Brüten. Aufschwung braucht Elan und Elan wird angefacht von mannigfachen Nöten, die Beweglichkeit erfordern, Umsicht und Genie. So pflege Ich die Weltenuhr im Gang zu halten und der Ansicht Tür und Tor zu öffnen, dass es gut ist Unbill zu erfahren, sowie Hilfe von der Geistwelt zu erflehen und voll Freude ihr subtiles Wirken einzusehn.

5.4
Sehr wohl ist Mir bekannt, wie viel Bedenken existiert am Sein und Leben in den Myriaden Wesen, deren Feuer und Fanal Ich Bin in jeder Narretei und Rascherei und jedem hoch erfreulichen Gesinnungswandel, den sie mit Elan an sich vollziehn. Den Betrübten rechne Ich's geradezu verschwenderisch hoch an, wenn sie sich selbst ins Auge fassen und ihren Kummer überwinden,

Meiner Güte und Verheissung zu, ihnen Hilfe, Tröstung, Mut und Aufschwung zu gewähren.

Es ist, dass Meine Theorien sich noch immer in der Praxis allerbestens und aufs Liebenswürdigste bewährt und ausbezahlt sowie als fabelhaft und effizient erwiesen haben. So ist es Mir ein Leichtes anzudocken, wo kein Sturm sich hindrängt und die Papiere bestens zu verkaufen, eh die Kurse wie von Geisterhand bewegt ins Bodenlose stürzen vor der Panik der betrogenen Gemüter.

Ich erwecke die, die an Erweckung glauben und seh auf ihrer Stirn von weitem schon den Stern der guten Hoffnung glänzen in Meines Seinsbewusstseins Unergründlichkeit und Vision.

Fackle ab, was unnütz Kraft in dir verbrennt, indem du Meines Vorbilds Coolheit dich bedienst, um zielbewusst voranzukommen und schlussends wie Ich zu sein in deiner Attitüde des Vertrauens in Mein wunderbar gekonntes und beseligendes Spiel.

So wahr Ich Bin, Bist du ein Ebenbildnis Meiner strahlenden Struktur und Meiner Welt der überragenden Gedanken, die das Himmlische betreffen und das Irdische kreieren in bedeutungsvollen Schritten und Erläuterungen, unfehlbar und zierlich, siebenmeilenstark und grandios nach Meinem pochenden Belieben.

Bildner deiner Fähigkeiten und Vernünfte wirst du sein im selben Masse, wie du dir vertraust und zutraust Meines Sinnens Akrobat zu sein und Wegelagerer der Künste, die Ich dir noch so willig überlasse, sofern du ihrer dich bedienst, um Grandioses und Gediegenes zu leisten in der Obhut Meiner Gunst und Meiner liebevoll gewährten Gnaden.

Spürst du, wie Ich deines Wandels alabasterreines Merkblatt Bin, auf dem nur Licht in Fülle und verschwenderischer Pracht verzeichnet ist zu deinen Gunsten und zum Eintritt in Mein Reich der hellen Nächte und der Seinsbegeisterung am Leben. Ich deute dir, was du zu deuten dir ermissest und bringe dich voran in Sachen Lauterkeit und würdigem Bestehn der Hausaufgaben, die Ich, dir zum Heil, an deine Fersen hefte und in dein Herzblut senke Jahr für Jahr.

Behalte Meine Argumente fest im Ohr, eh sie dir wieder wieselflink entschwinden und nicht mehr nützlich sind für deine Applikationen. Die Feder spitze, um dir selber einen Freibrief von jedwelcher Furcht zu schreiben vor der Wucht der Zeiten, die dich willig, deinem Wink gemäss, ins Abseits oder in die Mitte Meiner Wohlbekömmlichkeit und Hofstatt führen.

Mach hoch das Tor und lass Mich Meiner Sendung an dich wundervollerweis Genüge tun, denn wohl steht es dir an, dem zu vertrauen, der dich schuf und dem das Zweiglein hinzuhalten, der sich in ein zwitschernd Vögelein verwandelte, um dir das Liedchen der Natürlichkeit aus voller Kehle vorzusingen, voller Lust am Seligsein und Jubilieren in der gottgefälligen Natur.

5.5
Gewinn, Verlust und Saldo deiner Jahreszeiten sind ein Phänomen, das dir erfreulich oder recht abscheulich ins Gemüte fährt, derweil du mählich lernst, die guten wie die miesen Resultate besser zu ertragen, allsolange bis du ständig coolen Kopf bewahrst in der Kombüse deiner Angelegenheiten auf der Fahrt weiss ich wohin.

Das Psychologische des Lebens ist ein unveräusserlicher Teil von allen Bastionen, die es zu beherrschen gilt im Wirkfeld deiner Wahl. Das macht, dass sich ein ausserordentlich Gewieftes in dir regen muss, das Ich dir Bin, um allen Beutezügen penetranter Unvernunft die Stirn zu bieten und geflissentlich den rechten Weg zu gehn.

So wird alles, was dich trifft, von innen her beleuchtet und beurteilt und erhält das Gütesiegel oder eine Abfuhr, je nach Meiner Ansicht vom Geschehn, allwie nach der Gereiftheit deines Reagierens.

Beide sind Mir seinsbewusst im grenzenlosen Spiel das Agens der Entschiedenheit und Geistesstärke, um die Evolution voranzubringen, die da täglich Meisterschaft verlangt in allen Regionen wahrer Menschlichkeit und Seinswahrhaftigkeit, die sind ein Zeugnis Meines zarten Dich-Begütens und Behütens in der Tage Virulenz und Wohl.

Das Niederwertige begnügt sich mit dem blossen Das-Geschehn-zur-Kenntnis-Nehmen und darob zu leiden oder jubilieren. Das Höherwertige jedoch beginnt zu reflektieren und im Lernen Mittel zu ergreifen, die das Bekömmliche und Gute fördern und der Willkür unbedingt den Weg versperren, eh sie Schaden generierte. Reflektieren aber ist des Göttlichen Befund und Findigkeit im überzeugenden Kalkül der majestätischen Gebärde, die es über alles breitet, was da seines Weges geht und steht und rennt und brennend Fürio schreit in seinen angesengten Qualitäten. Wer ist da ebenso wie der Betroff'ne involviert? Ich, in voller Grösse und Montur, als das Urwesen aller Wesenhaftigkeit, der Planer und Erfüller der Geschichte, ebenso wie der im Hintergründigen das Sein verwaltende, geniessende und regulierende Genie des guten Tons und der Gelassenheit, das Ich Mir Bin im unbedingten Freisein von jedwelchen Nöten, wie in der Glückseligkeit, die daraus resultiert.

Begreife du den Ernst der Stunde und heile deine Wunde im Erkennen, dass du Bist und dass der

Geistruf Meiner Sage dich in Melodienleichtigkeit durchflutet und seit eh und je beglückt und heiligt, sicher macht und auf den Pfad der Seinsbeseeltheit führt. Erfühle dich in Meinem liebevoll gespendeten Umfangen, wie in der Gemeinschaft aller Wesen, die im Einen sich verstehn und wiederfinden an des Suchens Ende und der Glorie des allumfassenden Begreifens.

5.6
Im Hier und Jetzt west schon die eine Wirklichkeit, von der die Götter und die seinsbewussten Menschen froh und füglich Kunde geben. Für sie ist alles Stoffgewordene nur Blendwerk, Illusion und Augenwischerei, die muss allein vom Geiste her begriffen werden.
  So geh denn hin und lass den Silberglanz der Stille über deinem Sein und Sinnen walten. Mehre, was du weisst von der Unendlichkeit der Sphären und damit auch von Mir, der sich in ihnen lang und breit macht als der abergrosse Denker, Fühler und Patron des Willens, der da schafft, erschafft und seines Weltbilds Strategie in Eins zusammenhält für Zeiten und Äonen, fürs Liebliche und Schreckliche, wie für den Glanz des Himmels, der das All mit seinem Segen, seiner Fülle, seiner Geistigkeit und Seinsbegeisterung beschenkt, so wie dus magst und willst und sollst herzinniglich erfahren.

5.7
Reich Mir die Hand Mein Leben und vermähle dich mit Mir. Was könnte passender den wohlbewussten Zug beschreiben, den Ich für die Menschenvölker kommen seh. Ich lade dich zum Turteltanz in Meinen Räumen und zur Schönheit des Ver-

schmelzens zweier Wesen, die im allerletzten Grund nur eines sind, der immerwährenden Glückseligkeit des Seins erlesen.

Rausche Fluss das Tal entlang und such' die reinen Seelen, die ihr Antlitz voll Entzücken in dir baden wollen, um sich selber zu erkennen und den Wortlaut Meiner Sage zu erfüllen, die da heisst: Ich Bin in allem alles: selbstbewusst, wahrhaftig und gediegen, Hocherhabnes und Geringes wunderbarerweis touchierend bis zum letzten Nerv des sinngeladenen Gefühls. Wer das begreift, der hat das All begriffen und damit auch sich selbst in herrlicher Gelehrtheit, Wissenschaftlichkeit und Grazie des Unterweisens, als von Mir ausgegeben und von Mir empfangen in der allgemeinen Seinsbewusstheit, die das Kosmische gedankenvoll belebt und jeder Zelle innewohnt in silberglänzendem Sich-rein-Bewahren.

Nun treffe du die Wahl: Vom Abfall unbeirrt und heiter, seelenvoll und guten Muts ins Köstliche hinaufzugehn, wo deiner unbeschreiblich Wonnevolles wartet und das Federleichte dich beschwingt, dem du im Innersten anheimgegeben. Du schaust und schaust dein wahren Wesens Fülle und Genie, dein Geistesschwertes Klingen in dem Sieg, den du erfährst und schaust das Licht, in dessen Klarheit sich die Würde offenbart, die deinem Wesen als dem Wesen Gottes innewohnt im Zauber und Mysterium des liebevollen Seinsverklärens.

5.8
Darauf warten, was kommt? Sieh die Katze an, derweil sie seelenruhig einem Mäuschen abpasst im Feld der guten Gaben, wie sie's nennen würde, oder einem süssen Vöglein auf dem Baum, das der Gefahr nicht inne wird in seinem Sich-Verspielen.

Darauf warten, was kommt, mit der Gewissheit, dass sich ein Gediegenes auf deinem Weg befindet, ist ein anderes, als ohne Hoffnung warten oder mit der Furcht vor etwas Schrecklichem, das dir passieren könnte. So wisse denn: Ich weiss, was dich bewegt und habe das, was du dir vorstellst, akkurat zu senden, schicksalsträchtig, eben so wie dus im Grund erwünschtest, offenbar.

Nun sei es, dass du deinen Tag durcheilst, befrachtet mit begütenden Gedanken, die auf ein Wohlbekömmliches und Freudenvolles für dich zielen. Es ist die Wende zum Erhabenen und Wunderbaren, die Ich stets für dich im Schilde führe, wenn du dich nur dazu ermannst, die rechte Absicht und den herzensgütigen Verstand zu pflegen. Alles mach Ich wahr, was tüchtig formuliert und starken Willens vorgetragen wird, denn unweigerlich bist du mit dem verbunden, was Ich dir Bin und du Mir Bist, in der erhab'nen Koalition des Lebens, das sich stets befördern und befeuern will in freudevollen Tönen.

Wende dich Mir zu und ende mit dem Anfang, der das Sein bedeutet, als die höchste Eigenschaft und Grazie im Leben. Sag: "Mir geschehe nach dem Weltenwort" und du gehst goldrichtig auf dem Pfad, der in die Weiten führt des Geistesabenteuerlichen, das Ich mit Wohlgefallen, Dominanz und Offenheit vertrete.

Nur, was du liebst, wird dir auch liebelicht entgegenkommen. Was du bündelst, wird gebunden sein auf ewig und erlösendes Bedenken wird den Wandel dir bestimmen ins Elysium von Meiner Gunst und Gnade, Meiner Höflichkeit und Meinem allerfüllenden Bewusstsein reiner Güte und Glückseligkeit im Seinserlaben.

5.9

Die Sterne, o das wundervolle Sternenmeer, das Ich mit Meines Geistes Schwingenpaar touchiere. Unglaublich ist es zu bedenken, dass jedes einzelne der Myriaden Himmelsobjekte einmal noch nicht war und dass schon aberviele nicht mehr sind, obschon wir ihres Leuchtens Zauber während Ewigkeiten noch gewahren.

Pflegst du wissenschaftliche Gedanken, kann dein Weltbild nur vom gegenwärtigen Erscheinungsbild geprägt sein, ohne dass du wissen kannst, was nicht mehr existiert und zudem rechnest du aufgrund der hiesigen Gesetze mit derselben Physikalität im ganzen Kosmos, was sich eben nicht als sakrosankt erweisen könnte, sag Ich dir.

Ungewissheit herrscht trotz aller hochgeschätzten Wissenschaftlichkeit in allen Forschungsstätten, weil man eben Meine kräftevolle Gegenwart und meisterliche Schöpfertätigkeit nicht einbeziehen will ins herrschende Kalkül, das die Materie als geistlos hinstellt und in ihr herumwühlt, so als ob es Mich darin nicht gäbe.

Schön und gut: was man beweisen kann, muss zweifellos auch stimmen. Doch stimmt es nur in dem Bereich, in dem Beweisen möglich ist und eben hier muss das verflixte Weltbild mit derselben Wissenschaftlichkeit gerade um das Geistige erweitert werden. Dies ist für Mich ein Selbstverständliches und längstens Approbiertes, das auch das Urbeginnen ohne jeden Knalleffekt markiert in einer Zartheit und subtilen Redlichkeit des Wirkens ohnegleichen.

Mir ist das Gegenwärtigsein ein wissentliches Mich-als-Geisteskraft-Erfühlen, die mit unübertrefflicher Gedankenschärfe und geballten Willens, mit Phantasie und Genialität das Schöpferische leistet, das sich in so vielen wunderbaren Formen offenbart. Verneinst du Mich in allem, wie in dir, musst du gerade dich im Angesicht des Universums als bedeutungslos bezeichnen. Hast du jedoch Mein Dir- Innewohnen in der Meditation erkannt, erlangst du Weltbedeuten, sowie Ehrfurcht vor dir selber, wie vor allem, was da ist und was die Einheit darstellt allen Seins im Offensichtlichen, allwie im Geistgeprägten, hinter dem Ich steh.

Hast du dies begriffen, ist dein Griff ins Sternenmeer auch ein Begreifen Meiner majestätischen Gebärde des Gewaltens und Verwaltens aller Dinge im Allhier. Die Sterne reden und du murmelst ein Gebet der Andacht vor dem Meister, der sie schuf und fühlst dich allsogleich in seiner Gegenwart in Wonne und Glückseligkeit geborgen. Mach auf die Herzenstür und lass die Geistessonne unbehindert in dein Inneres strahlen, dann bist du gefeit vor Illusionen und gehst als Befreiter glückerfüllt und selig deinem ewig wahren Sein entgegen.

5.10
Pardon, es geziemt sich anzuklopfen, wenn man kommt und Adieu zu sagen, wenn man weggeht in der Gilde der Versierten, übers Erdenrund gesehn. Wie aber soll Ich Mich bemerkbar machen fingerlos und stimmlos, doch nicht ratlos, wie Ich meine, denn Mein Kommen ist dein Schicksal in der Lebenstage Virulenz und Not, sowie dein Aufbruch zur Besinnung und zu deinem Lebenssinn und Ziel. Bist du empfindsam und nicht gänzlich von den Tagesturbulenzen absorbiert, kann es geschehn, dass du in einem stillen Augenblickchen Meine Gegenwart verspürst als ein gewisses Etwas, das da ist und das du selber Bist als hoch bedeutungsvolles Sein und Wesen. So behandelt Meine Rede das Erkennen deiner Situation im

Erdenleben, wie im All der Dinge, die da sind und sichtbar oder geisterfüllt durchs Universum schweben. Weder links noch rechts hast du zu schauen, um zu finden, was du suchst. Denn es zeigt sich dir in deiner eignen Mitte das erhabne Bild der Gottheit, die dich ungeniert bewohnt und Gefährte, Willkraft, Witz und Ausbund aller deiner Taten ist im Handumdrehn.

Nun sieh dich vor, dass du so leicht nicht mehr vergissest, was dich zum Guten führen will, als Stimme des Gewissens und gleicherweise als das Herzgefühl, das klopft und klopft und des' du inne werden sollst in deinem Dich-Erfühlen. Deine Grösse kommt von Mir, und deinem Elend bist du selbst verpflichtet, weil du allzu oft nicht auf Mich hören willst in deiner all so brünstigen Natur. Zurück auf Meine sollst du deine Weisheit führen und unter Meinem Siegel und Gezelt den Frohsinn und die Heiterkeit der Lebenstüchtigen erlangen, die in Mir ihr Alpha und ihr Ziel, ihren Aufgang und ihr Seinsvollenden sehn.

5.11
Alles im Griff der Technik seh Ich und in einem irren Wettlauf mit der Zeit, der dazu beiträgt, dass du schliesslich keine Zeit mehr hast in deinem Hasten. Was kann eine Sünde besser definieren, als der Raub, den du damit an Mir begehst, der Ich die Fülle aller Zeiten Bin und dem du dich vollends entfremdest durch die Unrast, die Raffgier und das eitle Hoffen auf den Mehrwert, der aus deinem Wüten resultiere.

Da propagier Ich: Leite deine besten Kräfte Meinen zu, damit Ich sie ergreife und zum Wahren, Schönen, Guten führe in der Raumesnacht, dass sie zu Sternen werden göttlicher Natur, die dir den

Himmel öffnen mit dem Unvergänglichen darin. Mit Lebensgeist und mit Erkenntnis deines Seins will Ich dein Innehalten honorieren, mit dem dus mählich fertigbringst, dich selbst zu sein und damit auch ein Abbild Meines überragenden Agierens. Ich Bin Mich selbst, wirst du in Meinem Auftrag, Meinem Willen und Gewitter tatenkräftig sagen, um damit einem Göttlichen in dir Salut und Seele, freie Bahn und Fertigkeit zu geben.

Sowie dus leistest, einer Leistung zielbewusst, unzimperlich, voll Weisheit zu entsagen, wirst du Meines Nahseins Hauch in dir verspüren und hast damit den ersten Schritt, der Wahrheit und Wahrhaftigkeit entgegen, dargebracht in deinem Mich-Umrunden.

Höre und erhöre Mich, so wie Ich dir Erhörung zugesteh in deinem Rufen nach Erlösung und Gerechtigkeit im Leben.

Es mag ein Sinnspruch oder eine Geste der Verwarnung dich zutiefst berühren, dass du in der Fülle deiner Angelegenheiten Meiner doch gedenkst und damit Ruhe in dich bringst, Erbauung und Erlösung von jedwelchen Nöten. Ein Seufzer der Erleichterung mag dir das Zeichen sein und das Signal, dass deiner Seele eine Wohltat widerfahren ist von unnachahmlich zartem Duft und Strahlen. Denn die Dinge Meines Rauschens sind ins Licht getaucht der Milde und Gelassenheit am grandiosen Werk, das Ich äonenträchtig, seinsgalant und liebevoll an Mir und Meinem Schöpferparadies vollbringe.

5.12
Du kommst dir wie ein Graduierter ersten Ranges vor, wenn deine fabelhaft frisierten Pläne vor Mir Anklang, Gnade und Bewunderung gefunden

haben. Thronfolger, Krösus nenn Ich dich, wenn dein Gekitzel ganze Chöre zum aparten Lobgesang auf Gottes Herrlichkeit erhebt, wenn jedes Bild aus deinen Pinselstrichen Farbenphantasien generiert, die in den Betrachtern Schreie des Entzückens lösen.

In Wahrheit aber kann nur Ich die volle Blüte bringen künstlerischen Ausdrucks in der Menschheit fabulierender Geschicklichkeit und spielerischem Flair.

Von ganz oben strömt das Sinngedicht und die beglückende Gebärde guten Tons durch das Bewusstsein einer Geistwelt von gewaltigen Dimensionen und von einer spielerischen Unverfrorenheit und graziösen Lieblichkeit, die ihresgleichen suchen, bis ins allerletzte Menschental, wo sich die Finger, Kehlen, Füsschen kunstvoll rühren, um Begeisterung, Bewunderung und Wachheit in die Welt zu säen.

Was anders bist denn du als eine Kunstfigur von Meiner Art und Gnade Meiner Bangnis und Bravour in allen Lebensarten, Sparten und Begünstigungen, die von Mir in deine tänzerische Wirklichkeit hinunterfliessen. Eine Labsal soll Mein Innesein für die Erkenntnis deiner selbst bedeuten und soll dir auch Gewähr sein für das Grösser,-Heiterer,-und-Heiler-Werden in der Seele seligem Gemach. Erspüre du, was Ich dir deute und erhebe dich von allem Wähnen. Frei sei und ein Vorbild des Frohlockens, als in Mir und Meiner Kantorei der Wohlgeborgenheit und Wonne, Herzlichkeit und liebevollen Gastlichkeit, die des Elysiums würdig ist, in welches Ich dich leichthin, geistvoll, sanft und spielerisch entführe.

5.13

Freude schöner Götterfunken, wie Ich in dir lebe, Bin und allen Lebenswert, tief in Mein Sein versunken, glückselig vor Mich hin zitiere.

Was hat es doch auf sich, wenn alle Dinge Meiner Gegenwart dazu berufen scheinen, Meines Daseins Wonne zu begründen, zu bestätigen und zu vermehren in der benedeiten Welle der Begeisterung am Leben, die Mich durch Universenweiten trägt im strahlenden Bewusstsein, dass Ich Bin und überall Mein Schöpfungswerk errichte auf der Weltenschönheit Rosenspur.

Melodien hör Ich klingen durch des Geistraums Überall in des Lauschens seliger Natur. Verblasst ist das Gedankenschwingen vor dem ewig heiteren Empfinden eines Seinsfrohlockens ohnegleichen in dem Lichte, das Ich selber Mir vergeb. Unablässig folge Ich dem Faden des Betrachtens Meiner hocherhab'nen Situation, Gesittetheit und Fülle des Erwartens neu erfundener Unendlichkeiten, denen Ich voll Güte und Beschaulichkeit das Sein gewähr. Mehrung und Beglückung sind die Attribute Meiner Absicht, Wohlverstand und Fülle, Faszination und Feingefühl zu generieren in der Wirklichkeit, die Ich sich ständig vor Mir weiten seh. Was ist Bewusst-Sein, wenn nicht diese unnachahmlich gloriose Geste der Erweiterung Meines Königtums in allen Sparten, Strömungen und Regionen Meiner Meisterschaft im Definieren eines Raumgefühls von eigenwerten Gnaden. So wachse Ich und werde Ich erwachsen, als Begleiter Meiner selbst durch die allherrlichen Äonen, wie durch die Seinsgelassenheit, die sich in einem seligmachenden Geflüster und Gebet erfüllt von wunderbarer Sinnkraft und bezauberndem Erfühlen.

5.14
Na und? ist bald gesagt in deiner Art, vor einer Lebensschranke stillzustehn. Den Preis fürs Weiterkommen zu bezahlen ist ein ander Ding und hat mit harter Arbeit, mit Entsagung und Gewissenhaftigkeit zu tun. Wie leicht und leichten Sinnens päckelst du dann alles an und suchst den Weglauf des geringsten Widerstandes, wie ein glitzernd Wässerchen, das völlig unbesonnen und galant zu Tale fährt. Da greif Ich ein in des Agierens Geist und Blüte und führe dich zur Selbstbesinnung und zur mutvoll aufgebrachten Tat, die dich in redlicher Bewusstheit weiterbringt auf deiner fürstlich angelegten Spur zum Edelmenschentum und zum galanten Aufschwung in die Höhen der Gottseligkeit in Meinen Sphären.

Ich weiche nicht von dir, bis du gelernt hast, die subtilen dich befördernden Impulse wahrzunehmen, die dich Meinem Welt- und Wirklichsein verpflichten und dich mit Vehemenz und Würde in die Sphären des Unendlichen hinüberziehn.

Unbedingt musst du den Tatbeweis erbringen für die Redlichkeit und Reinheit deiner Absicht, Mir ganz zu vertrauen und deines Schicksals Wurf und Willen als Mein Angebind und richtungweisendes Kalkül zu sehn in deinen Wundern und verbrieften Dienstbarkeiten.

So wird, was du dir Bist, das Meine in der Seinsgeselligkeit, die Ich eröffnet und beschrieben habe, um sie schliesslich durch die Hierarchien guter Geister ins Perfekte und Gerundete, Gesundete und Wohlgefällige zu Mir hinaufzutreiben, wo der Glückseligkeit die Stunde schlägt und aller Fertigkeit Gefüge Meines Geistesdoms Vollenden ist im All der Freude und der Lichtheit, der Gottseligkeit und liebevollen Unbekümmertheit im Wunderbaren.

5.15
Was unsterblich ist, dem hängen ungezählte Namen an, um seinen Ruhm und seine Glorie gebührend zu besingen. Alle Namen, sag Ich, sind Benenner dessen, was Ich Bin in aller Welten Ordnungen von ganz oben im Olymp durch die erlauchten Träger der Gesetze, durch die Throne und die Seraphim hinunter zu den Mächten, Kräften, Lebensspendern, Globenbauern, Akrobaten, Tunichtgute, Tiere, Blumen und Saphire, überall und immer alles Mich und würdig Meiner Gunst und Kunst zu sein und Meines Namens Attribut zu tragen.

Mit Füssen trittst du Mich bei jedem Schritt durch deine Güter, so einfach oder salbungsvoll wie immer du dich gibst als Mensch und Mischling aller Kreatur. Du bist die Marionette Meiner Machbarkeiten und erklärst Mein Mich-Erheben in der Welt der Dinge, Zauberkräfte, Regeln, Richtungen und Dienstbarkeiten, die alle ohne Mein Gewicht nicht sind und Meines Geistesrufs bedürfen, um im Innersten bewegt zu sein nach Meinem Rhythmus und Befehl.

Traust du dich, Mein Bild in dir zu sehn, so will Ich dir vertrauen und dein Handelns Abergründigkeit voll Güte unter Meine Krone setzen, dass du Mich vertrittst als König deiner selbst in allen Äusserungen, wie in dem Bewusstsein der All-Herrlichkeit in der noch alle Weltendinge sind und wesen. Gestatte dir zu sein und du bist, Meines Namens würdig, ins Elysium erhoben. Erwache ins Bewusstsein der All-Einheit und allsogleich schwimmst du im Meer der Wonne Meines Gegenwärtigseins allüberall, unendlich gütig, liebevoll und wahr.

5.16
Und du? Scheint dir das Leben voll und rund und schön? So will es immer sein und hinkt doch hintennach mit allen seinen Träumen von gelebter Menschlichkeit, von Einheit, Reinheit, Wohlgefallen, Licht und Frieden.

Da flüstre Ich in deinem Herzblut: Nur an dir liegt es, die Kluft zu schliessen zwischen dem, was du ersehnst und dem, was dein Verstandesleben täglich vor sich sieht an Pannen, Unvollkommenheiten, Gegensätzen und Radau im rabiaten Lebensspiel. Das ist, weil du dich treiben lässest wie die Barke auf bewegter See und nicht begriffen hast, wie kunstvoll sich die Dinge arrangieren, wenn du stark und willig vor dich hintrittst und die Sache definierst, als zwischen dir und Mir ein Her und Hin der weiterführenden Gedanken, die den Dingen ihren Lauf und ihre Richtigkeit, ihr Nonplusultra, Vollgewicht und ihren Charme verleihen.

Auf das Bewusstsein kommt es an, das du dir zähen Ringens anerziehst von deinen geistigen Potenzen, die in Mir, statt in dem täglichen Falaria und Schnickschnack Wurzel schlagen sollen. Statt Verweltlichung Vergöttlichung sei die entzückende Parole, die aller Furcht und allem Ungemach Paroli bietet und damit der Hilfe nicht entbehrt, die Ich sogleich von oben sende, wenn die Hände und die Herzen zum Empfang sich öffnen und das Bildnis Meiner Schöpferkraft und Fülle, Meiner Liebenswürdigkeit und Nähe vor sich sehn.

Im Grunde ist es doch so einfach, mit einwenig Logik Schöpferkräfte hinter all den Wundern der Natur und ihrer sprossenden Lebendigkeit zu schauen. Da braucht es nur noch unbedingt gepflegtes, freudespendendes Vertrauen in sie, um aus dem Verhängnisvollen auszubrechen und das

Wort zu sprechen: „Sei du Meines Lebens Sinn und Weisheit, Sanftmut, Lieblichkeit und Ziel. Ich ahne, dass das Wirkende aus deiner Hand der Wirklichkeit zuvorkommt, die Ich hier erlebe. Demnach will und muss Ich das sein, was in deinen genialen Plänen liegt und will und muss das Meinige zu deinem tragen. Profunde Einigkeit muss herrschen zwischen dir und Mir, damit mein Dasein eine reine Gottesmenschenblüte wird am Baum des Lebens."

So sei es, sag Ich dir und in dem Rahmen Meiner Zunft und Zier liegt alle Hochgemutheit, jeder Einfall, wie die Lauterkeit beschlossen, die von Mir dem Weltsein innewohnt und nur der Pflege und der Seinsgewissenhaftigkeit bedarf, um alles Heil und alle Wonne des Erlöstseins zu begründen. Dann Bist du, weil Ich Bin und erntest deinen Anteil an der Unverbrüchlichkeit des Seins in allen Windungen und Winden, im verehrten Sternenfall und in der Unermesslichkeit des Alls, die dich so liebevoll umfängt mit ihrem seinsharmonischen Geflüster und mit der Glückseligkeit, die in ihr wohnt mit allen ihren Bürgen.

5.17
Faszinationen sind das beste Mittel, um Mein Universenwerk voranzutreiben, denn der Begeisterte kennt weder Rast noch Ruh, bis er das so Bezaubernde für sich gewonnen hat, um ihm die allergrösste Referenz und Grazie zu erweisen. Nun ist es Meine Absicht, einer ganzen Menschheit - Faszination an Welt und Leben, Fortgang der Geschichte, Evolution und jeglicher Errungenschaft und Förderung der guten Sitten beizubringen. Erklärterweise ist es Mein Idol, allem Geschaffenen Vollendung, Wohlverstand und schönste Blüte zu

verleihen, als von Mir angesetzt, gepflegt, beschnitten und in jeder Weise auserlesen und begünstigt, um es heil und heiter und entschieden selbstbewusst zu sehn.

Wann erreichst du diesen Status, frag Ich dich und schöpfst aus Meiner Fülle der Verheissung, was dir zusteht in der Glorie deines Daseins und der Aussicht auf unendliches Gedeihen und den Zauber der Glückseligkeit in deinen Wundern. Ich Bin da in Geisteskraft, Geduld und Güte, dich mit dem Charme der Wonne zu begaben, wann du nur immer willst und dich darum bemühst, ein unverwechselbares Abbild Meiner selbst zu sein, als ein mit Weisheit, Wohlverstand, erwiesner Wachheit, Herzlichkeit und Harmonie gesegnet Wesen. Dabei seh Ich dich schon voll in Meinem Anstand, Meiner Unbedingtheit, Raffinesse, Tauglichkeit und Würde stehn in immerwährendem Gedulden an dir selbst, sowie am Schicksal, das dir ist beschieden.

Solches kann nur durch die innigste Vereinigung mit Mir und Meiner Geistesqualität geschehn. Es nötigt dir ein Innehalten, Lauschen und In-Mich-Verliebtsein ab in höchsten Graden und verlangt von dir die intensivste Konzentration, auf was Ich Bin allüberall und demnach auch in dir, als Angelus des weiterführenden Gestaltens und als Cherub an der Pforte des Elysiums, in das Ich dich gemächlich, siegessicher und gewandt, platonisch und gelassen führe. Bände spricht Mein Sehnen nach Verwirklichung der sakrosankten Pläne, die Mein Sein und Sinnen durch das Universum, wie den Äther des Gerechtseins tragen. Steh Mir bei und steh bei Mir in allen deinen Träumen, Meditationen, Mühn und Lustbarkeiten, die da sind ein Teil von Mir und sind von Mir an alle Welt vergeben. Indem du schwindest, schwinge Ich Mich auf in dir, indem du schweigst, beginne Ich Mein Wort und Wohlsein,

Meine Absicht, Wohlgewogenheit und Liebespracht in dir und deinesgleichen zu entfalten. Willst du, so würdige Ich dich der Wahrheit und Wahrhaftigkeit aus Meinem Mich- Begründen und gestatte dir Mein allerliebstes Kind und Meine Jugend, Mein Blütenzauber, ewiger Frühling, Träger des Frohlockens und vergeistigter Galan zu sein auf immer und mit immerwährender Beseligung in Meinen benedeiten, hocherhab'nen und dem Sein geweihten Sphären.

5.18
Wer anklopft, dem wird aufgetan, wer süsser Minne nicht entbehren will, muss zeitig bei dem Fest erscheinen, das akkurat für ihn und seine Brüderchen gegeben wird im Haus der vielen Freuden. Was heimsest du denn ein in einer Hemisphäre, die von Mir geprägt und ausgerufen ist? Die Fähigkeit, die Lebensdinge so zu nehmen, wie sie sind im Sang der Infiltrationen deines Seinsbewusstseins mit Unendlichkeiten noch und noch, die dir Mein Angesicht enthüllen.

Du weisst nicht wann, du weisst nicht wie Ich bei dir Bin und komme und immer Meinen Einfluss geltend mache über dir und unter dir und in der Heiligkeit des Herzens, hell und klar.

Gerade so, wie sich ein Brunnen Wasser schöpft aus muntrer Quelle, schöpfst du Lebensgeist aus Mir und bist gehalten, ihn an alle Welt in Wohlgemutheit, Redlichkeit und Anmut zu verteilen. Es steht dir bestens an, in Meinem Werk der guten Hoffnung Wasserträger und Garant für fürstliches Benehmen, Seinsfrohlocken und Verkündigung der Wahrheit, Liebeszärtlichkeit und himmlischen Gerechtigkeit zu werden.

5.19
Makellos geschliffen und geeint soll dein Persönliches ins Allgemeine fliessen, wenn die Stunde da ist des Erhebens in das Reich der reinen Phantasie. Es ist ein Faible deiner Konstitution zu überwinden, um dich dahin zu befördern, wo des Seinserkennens Blüte in dir aufbricht und dir die volle Schönheit deines Wesens offenlegt im Wunderbaren.

Was dich so betrifft, ist eine Morgengabe der All-Herrlichkeit an seine Bürgen, die von Stund an ihrer Sache sicher sind in weisheitsvollen Zügen. Wie das Gemurmel einer Quelle zieht das Freudige des Daseins durch die strahlenden Gemüter und erfüllt sie mit Begeisterung am Sein und Leben von unendlichem Relieve und von des Himmels liebelächelndem Gehaben.

Ein Wandel des Bewusstseins ohnegleichen stellt sich in dir dar, indem Ich Mich in deinen Seinsgemächern rein und redlich, hoffnungsvoll und voller Anmut präsentiere als das weiterführende Agens der göttlichen Vernunft, die dich beseelen soll in wundervoll geschliffner Eleganz und graziösem Über-dich-Verfügen.

In diesem Sinne trachte Ich danach, in dir das volle Potential und Ebenbildnis Meiner selbst gefälligst zu erreichen und dir soviel Seinswahrhaftigkeit und Güte einzuimpfen, dass du in den Augen der Zurückgebliebenen als Herold der Gottseligkeit in Meinem Sonnenglanze dastehst und nicht müde wirst Mein Werk in dir, an dir und über dir aufs Allerinnigste zu preisen.

Vermagst du Einsicht zu gewinnen in dein Wesens übersinnliches Gepräge, verwirklicht sich ganz allgemach der Zauber der Vereinigung mit Mir und das Erschütternde und Liebevolle, Zärtlich und Holdselige Verschmelzen mit dem Seinsgewissen, das Ich Bin und das du Bist und immer bist gewesen.

Nie mehr wählen wirst du, wenn du diese eine Wahl getroffen, nie mehr bangen wird dein Herz, wenn sich der Bannkreis schierer Selbstgefälligkeit vor deinen Blicken öffnet und die weidenzarten Weiten des Elysiums vor dir erscheinen. Du bist verwandelt und verklärt zu einer Sicht, auf was du Bist, von unermesslicher Brillanz und Gnade, die dir von Mir zuteil und sichtig werden in der hochgesegneten Bilanz der Zeiten, die sich wohl sehen lassen kann in deinem Falle, wie in Meinem.

So entpuppt sich eine Grille Gottes in dir als Idol der Seinswahrhaftigkeit und letzten Konsequenz des Auseinanderdröselns Meiner Fähigkeiten als im Weltsein und Dem-Universenwerk-Genügen, das Ich Bin und hinter dem Ich stehe, als der Geist der Wahrheit und der Heiligung, der Tugend und der Grazie der Glückseligkeit, in der Ich ständig wese.

Kommst du, kennst du das Geheimnis Meiner Attitüde des Erhabenseins und der illustren Würde, die dir inne ist von Mir. Der Segnung Preis begleitet dich fortan auf der galanten Wanderschaft durch Meinen Paradiesesgarten, der die Summe aller Schönheit in sich birgt und dir das Summen der Gefühle anregt zur Holdseligkeit und Gottesminne, seinsbewusst und wahr.

5.20
So weit und breit sind Meine Träume nie geflogen, wie sie's heute durch den Glanz der Sternenräume taten. Darin Bin Ich weder gross noch klein, weil Mein Bewusstsein allerfüllende Allüre annimmt: Alles wohnt Mir inne, was sonst weit, weit draussen war. Es ist ein götterlichtes Unterfangen hier geschehn, an dem gar viele Anteil und Gewinst,

Erkenntnis, Wohlfahrt und Entzücken haben. Verinnerlicht ist alles, was da ist und die Substanz und Sagenhaftigkeit der Welt bedeutet, die Ich wahrzunehmen ausging und von der Ich reich und reif geworden zu Mir selber wiederkehre.

Nun gilt es, im Betrachten Meiner Situation im allerliebsten Leben, Wirken, Sein und Sinnen Klarheit zu gewinnen über alles, was Ich Bin in guten Treuen, wie in der unendlichen Gelassenheit der Sphären. Sinn macht, was im Denken aufsteigt, als ein Hauch des Ewigen in unermessne Fernen und was du wonnevoll und unentwegt in dir sich weiten siehst. Es ist der Geistraum, den Ich frohgemut durch-messe und in dessen Bilderhaftigkeit Ich alles finde, was Mein Sein betrifft und was Mich dazu anhält, formend und veredelnd einzugreifen ins unendliche Geschehn.

Im Absoluten greift ein jeglicher Gedanke jedes Ding wie mit der Löwenpranke mächtig und doch wohlbedacht und namenlos behutsam an, um es zu formen und ihm Schönheit, Schicklichkeit und Adel zu verleihen.

So halt Ich und erhalt Ich Mich in einer Sphäre wundervollen Eins- und Einigseins mit allem, was da seine Daseinskreise zieht und was auf dem Geringsten der Planeten wächst und wuchert, Willkür und Ergebung treibt bis ins Mikrobische, von dem die Forscher sich in wissenschaftlicher Manie die Lösung aller Lebensrätsel und Geheimnisse versprechen.

Nur das Ich Bin erlöst und spendet Gottesfreiheit und allgütiges Gehaben an Mir selbst und an den Dingen einer Welt, die Ich als gut und grandios und graziös und liebevoll erkenne im Mich-selbst-Bewundern, wie im Ahnen einer alles überragenden Instanz, in deren unerschöpflich reinen Seinsglückseligkeit Ich Mich voll Dankbarkeit erlebe.

6

Ein Prinzip ist keine Ware

6.1
Ein Prinzip ist keine Ware, die man mit der Zange fassen kann. Seine Kinder aber können akkurat Krieg oder Frieden, Schmalsucht oder Fülle heissen. Ich händige dir aus, was Ich so denke, um dein Wissen sichtlich zu vermehren und um deinem Weiterkommen hilfreich, richtungweisend, magistral und hoffnungsfroh zu sein in der Getragenheit der Göttersphären.

Was bist du Mir ein Kauz und Schrullendreher allsolang, wie Ich dir deinen Trübsinn nicht in allerhöchste Klarsicht und Brillanz verwandelt habe.

Deine Bürgerpflicht ist demnach, Meinem Pfad zu folgen mit der Leidenschaft, mit der der Falke seinem folgt und wie die Schwalbe Mücken sammelt und der Reiher Fische fängt, um seiner Art gemäss zu leben.

Mein Pfad bedeutet silberglänzendes Erleben der Gottseligkeit im All-Bewussten, dessen Manifest Ich Bin und das sich durch die Ätherräume zieht, wie durch die Sinnkraft der Verklärten Meiner Wissenschaft und Gnade. Hast du diese Richtung eingeschlagen, Bin Ich deines Richtwerts lockendes Fanal, in das du dich begeistert stürzest, dich an ihm verbrennend, um sogleich im Seinsbewussten freudestrahlend wieder aufzustehn.

6.2
Was hältst du nun das Gottesglück in hocherhobnen Händen, mit Meiner Glorie bedacht und offensichtlich ins Geheimnis der Unsterblichkeit gestiegen. Du räumst den Gabentempel ab von allen Nichtigkeiten und belegst ihn mit der Einen unaussprechlich Reinen, die Vereinen kündet mit des Seins unendlich zauberhaft gerundeter Natur.

Frohlocken holst du ein von Mir, indem sich deiner Seele Attitüde vollends Meiner anbefiehlt. Des

Langen und des Breiten hab Ich dir erklärt, mit welcher Nonchalance und Gründlichkeit Ich das Ich Bin verwalte und aus ihm das All gestalte, bis du deinerseits begriffen hast, wie hoch und edel Meine Ziele sind im Über-All der Welten.

Jeder Willkür abgeneigt, bereite Ich jedwelchem lebensfreudigen Geschöpf das, was ihm frommt, an Ungemach und Lieblichkeit im lebelangen Illustrieren und Jonglieren, Parodieren und Gekonnt-und-feierlich-die-Haut-zu-Markte-Tragen. Makellos steh Ich ihm jederzeit zu Diensten und versorge es mit dem Gewünschten, Miserablen oder Mustergültigen nach seines Willens reizendem Befehl.

Ich hingegen springe, ohne anzusetzen, himmelhoch und weit und breit in göttlichem Genügen und erhöhe Mich und Meine Bürgen pausenlos, bis Friedefertigkeit und Einsicht herrschen im empfangenden Gemüt. Damit blüht die stille Heiterkeit des Herzens auf, die Ich seit eh und je erstrebe, und alles ist gerecht und gut und glückerfüllend, was es so in Mir und Meinem Hochgebot erlebt.

6.3
Sakrosanktes Selbstgenügen zeichnet Meine Herrschaft aus über Land und Wasser, wallende Planeten, Universenräume, geisterfüllte Weiten, Welten, Wirklichkeiten von unendlich fein gefiederter Natur.

Myriadenfach vertreten Bin Ich in den schöpferkraftgewaltigen Gestaltungen lebendigen Agierens in der kosmischen Gebärde Meiner selbst, die, evolutionenträchtig angelegt, ein Bild der vorwärtsdrängenden Bewusstheit bietet von unüberschaubar majestätischen Dimensionen.

Schaust du dich um in dir und der verblüffenden Grandezza deines Wesenseins, entdeckst du ein

Myriadenfach verkleinertes, getreues Abbild Meiner kosmischen Struktur, in der sich ungezählte Feuersterne baden, Gedankenschwärme -Blitzen gleich- dahinziehn und die Grazien des Empfindens sich in Ehrfurcht und Bescheidenheit vor Meiner All-Gewalt verneigen.

So bist du eben winzig klein im Lebenskeimen und abergross in der Bewusstheit deiner selbst, die Ich im Universendenken in dich trage. Es ist, dass du dein Leibeskorn im Weltenraum verschwinden siehst und dein Gemüt zugleich gebettet und geborgen in Mein All-Sinns Attitüde, als in einer Heimkunft ohnegleichen in des Seins Gewirk und alles überstrahlend genialen Geistkultur.

Wen wundert's, dass du dich in diesem Meisterschaft verströmenden Arom der Göttlichkeit vollkommen frei erfühlst in einem seinsglückseligen Behagen, das dezente Dankbarkeit gebiert und wunderbar gesättigtes Erkennen einer Herzensgüte, die dich liebevoll umfängt und aller Weisheit Zierde ist und Ausfluss himmelweiten Wohlgeratens.

Mach' dich würdig, lass Ich Mich vernehmen, solcher Unermesslichkeit Gebilde auch in dir zu sehn und bedenke deine Situation als Samenkorn und ebenso als seinslebendiges Sternenwesen mitten in der Kraft der sich entfaltenden Äonen. Du Bist und bist der Einheit des All-Göttlichen als eine Perle ins Gewand des Königlichen, das da ist und herrscht und flutet, eingefügt zu unvergänglich märchenhaftem Glanz und ewigem Genügen.

Verbinde nun mit Mir, was du dir bist in deinen Wundern und beweise, was du kannst und stilisiere dich empor zur Seinsbewusstheit in den Sphären Meiner Huld, Geduld und götterlichten Wesenswirklichkeit, als Sein vom Sein in heller Klargesichtigkeit und hunderttausend Gnaden.

Wende dich Mir zu und schau das Sonnenantlitz reiner Liebe dir entgegenstrahlen. Bade dich im Feuer der Begeisterung, mit der Ich dich begabe und dir Meiner Schöpferkraft geheimnisvolles Fluidum verleih, das dich befähigt, schaffend, kraftend, glorios und gütig durch die Welt zu schweifen. Erkläre Mich in deiner Werke wirkungsvollem Sammelsurium und sei, was Ich dir Bin, in Wonne, Heiterkeit, elysischer Gelassenheit und wunderbarem Selbstgenügen.

6.4
Bewusstheit und verblüffende Erkenntnis Meiner selbst als Geisteswesen von des Gottes Rang und Namen sind bestens dazu angetan in Mir den Frieden und die Freude der Unendlichkeit, Glückseligkeit und Daseinswonne zu entfalten. Freimütig und apart gestehe Ich mir Einheit zu mit dem All-Einen, das mit unermüdlich angelegter Schöpferphantasie die Werte schafft, von denen alle Wesen wunderbarerweise zehren.

Wie überheblich bist du, wirst du von Mir sagen. Wie unter deiner Würde lässest du dich an, sag Ich von dir und tippe damit auf die Feindschaft, die du hätschelst, mit den Meinen. Ein wahrer Bruder lässt sich nicht mit den Geschwistern an und hütet sich davor, selbst dem Geringsten unter ihnen nur ein Haar zu krümmen auf der schicksalsträchigen Wanderschaft zu Mir.

Dem Allmächtigen obliegt es, sich in Keimen mitzuteilen und das Seinsbewusstsein zu erwecken im Gemüt der Völkerscharen. Redlich und beweglich sollen sich des Gutseins Memoiren allgemein verbreiten unter den Verständigen und deren Gottnatur soll eine Brücke bilden von der Oberflächlichkeit der Welt in Meine geisterfüllten Tiefen, wo das Selige wohnt und Sicherheit und Fülle des Vertrauens herrschen.

Kommst du zu dir, kommst du desgleichen auch zu Mir und wanderst von der Zeit der Lamentationen zur gedieg'nen Ewigkeit des Seins, zu unerschöpflich reiner Jugendfrische und unendlich liebevoller Wohlfahrt in der Süsse, Kraft und Heiterkeit Elysiens.

6.5
Das Jüngste ist der neue Tag, der sich wie eine rosenrote Apfelblüte aus dem Ewigen herausgeboren. In unverbrauchter Frische stellt er sich den Genien dar, auf dass sie ihn mit fabelhaft gerundeten Ideen und Erfindungen aufs Liebenswürdigste bekränzen. Aus Meinem Universensein heraus geschieht, was in All-Weiten unentwegt geschehen soll in einer Zeitenfolge von unendlicher Beschaulichkeit, in der sich die Äonen majestätisch, pausenlos und folgerichtig aneinanderfügen. Je nachdem, wo es zu zählen Mir beliebt, erstreckt sich Meines Tagwerks Einfall und Verfügen über Millionen Menschheitsjahre, die eben noch von so viel Ungeduld und Hast geprägt sind, dass sich Meine Horen eines Lächelns darob nicht erwehren können. Denn aus ihres Seins erhab'nen Gründen löst das Zeitliche sich sanft allwie ein süsses Fläumchen aus dem Ewigen und schwebt und regt sich in den lichten Ätherräumen als ein Fluidum des Hoffens auf ein Gutes und Erspriessliches, das meisterlich aus dem hervorgeht, was Ich unter Meines All-Sinns Baldachin geladen.

Wer ein Narr ist, soll sich weiter in der Kunst des unbesonnenen Bewegtseins üben. Doch der Weise sieht sich mitten im Getriebe mit dezenter Dignität sein Werk verrichten, stets des Ewigen bewusst, in dem er seinsgelassen und erhaben seine Wunderkreise zieht.

So gewinnst du, was die anderen verlieren, wenn deine götterherrlichen Gedanken den Schauplatz deiner Taten ruhig übersehn und dich befähigen, ihn voller Seinsbekömmlichkeit und Grazie zu durchschreiten.

6.6
So viele Köpfe, so viel Welten sollst du dir bewusst vor Augen halten, erkennend, dass das Leben nur durch denkerische Vielfalt wahrhaft weitergeht. Erteilst du einen Auftrag, siehst du ihn vor dir erfüllt nach des Empfängers Gusto und Behagen. Der für dich Tätige spinnt ihn in seine Weltgedanken ein und lässt damit sein eigens Genie darüberfahren. So entsteht zum einen Mal ein Besseres, zum andern ein Geringeres, als deine Absicht war. Doch alleweil befruchten sich die Dinge gegenseitig und befeuern die Akteure der Geschichte zu bedeutenderem Tun.

Zuviel kann wie zuwenig dir den Brei verderben und so ist es immer nur mit der genauen Mitte recht getan. Diese aber habe Ich allein für Mich gepachtet, wohl wissend, dass die Charaktere, als sich selber überlassen, altklug sind und dementsprechend Geistespurzelbäume schlagen, die zumeist dem Ganzen eben nicht bekömmlich sind. Ich aber fasse alles Weltensein in eins zusammen und lasse Meinen Geistesblick äonenweit voraus in aberweite Fernen schweifen. Deswegen ist Mein Weistum deiner Weisheit haushoch überlegen, und Meinem weltenschaffenden Genie gebührt die höchste Achtung und Verehrung als das Nonplusultra aller klugen Dispositionen, Räte und Ranküren in des Lebens Licht und Solala.

Erlausche dir Mein Wort und lasse es wie Perlenglanz durch deine Seele fahren. Dann bist du sicher, auch in Meinem Sinn dem Tagewerk die rechte Weihe zu verleihen. Da mag sich manches, was dir so geschieht recht seltsam und kurios artikulieren. Doch viel, viel später siehst du ein, dass es gerade richtig war für dein Entfalten und zudem für die Weltenevolution, dessen Zähler, Nenner, Rustikaler und Geschliffener Ich Bin in Meinen Wundern und Gediegenheiten, die, ohne dass dus weisst, die deinen sind im Längelauf der Seinsgeschichte, die Ich ständig inszenier.

Einmal geht dir erst ein Lichtlein, dann die Flamme des Bewusstseins auf von einer hehren Grösse, die dich, als von Mir, befruchtet und beseelt und alles gut macht und gerecht in einem Seinsgewissen wunderbar. Du wirst dich als mittendrin in Mir erkennen und das wird dann für dich die Fülle des Elysiums sein, der Wonne und des Wohlbefindens in des Daseins Zaubergarten. Du in Mir und Ich in dir, ist der Gesang des Ewigen und aller Welten Sinn und Poesie in Minne und Vertrautheit von Mir vorgetragen und als Gottesweisheit, Wachheit, Muttersorglichkeit und liebevolle Zähmung ausgelegt.

6.7
Wer ist der Geist der absoluten Wahrheit, wenn nicht Ich es Bin in Lauterkeit und Liebe, als Bewahrer einer Tugendhaftigkeit von Weltformat. Wer Anschluss an Mich findet, ist des Irrens ledig, das da überall grassiert, wo Meinungen, Behauptungen und maliziöse Täuschungen sich behäbig machen, um zu erreichen, was der Eigenwille will, anstatt dem Meinen Referenz, Salut und Vortritt zu gewähren.

Wer Geschmack an Meinem silberhellen Fluten in den Sphären hat gefunden, wird sich keinen Fauxpas und kein Übertreten der Naturgesetze, keine Schrulle und kein liederliches Resultat mehr leisten, weil er Meines Schutzes, Meiner Klärung und Bewährung sicher sein kann in der Sturmflut kurioser Angelegenheiten, der er sich entgegenstellen muss im täglichen Geschehn.

Nicht schwächlich, sondern standhaft ist der Überbringer einer Botschaft, die die Helle der Wahrhaftigkeit verstrahlt und Lügen straft, was sich verbergen wollte hinter sinnverdrehenden Gewundenheiten in des Tages Marschbefehl.

Besser ist es, dort zu schweigen, wo deiner Rede nicht exaktes Wissen Pate steht und silberhelle Klare, wie ein reines Flüsschen, in die Ohren tönt der lauschenden Gemeinde. Sage nicht, es ziemt sich schön zu reden, um dem Volk die gute Laune und Gelassenheit nicht zu verderben, denn es lässt sich nicht so leicht mit bunt geschmückten Schilderungen, Phantasien, Übertreibungen und Anwürfen betrügen. Gerade die Politik zeigt sich darin gross und stiftet damit nichts als Unheil, Willkür und Versagen.

Kenner Meiner Würde steuern Mich wie einen Leuchtturm an und finden ihren Weg mit ruhigem Gewissen, als von Mir bestimmt, getrimmt und auf die Schale der Gerechtigkeit gelegt, die da als weise Herrscherin im Himmel thront des Seinsgenügens und der peinlichen Erfüllung Meiner Rechte in des ewigen Gutsbetrieb.

Nur ein ruhiges Gewissen lässt dich ruhig schlafen, sagt der Volksmund und Ich füge noch hinzu: die Freude und Begeisterung am Dasein wird dich überkommen, wenn dus fertigbringst, jedwelchem Kauderwelsch und Schnickschnack zu entsagen, um der Gilde der Gerechten beizutreten und in Mir das zu vollenden, was als ehrenhaft und klug gilt in der Reihe deiner Menschentaten.

Hier heisst es, frei herauszusagen, dass in der Wahrheit sich das Menschliche mit Göttlichem bekränzt und sich mit ihm vermischt in glanzvoll dargelegtem Seinsbetragen. Wo sich Mein Wille Geltung und Vertrauen schaffen kann, herrscht ruhige Gewissheit, Makellosigkeit und Herzensfrieden. Urbar sind gemacht die Triften der Gottseligkeit in deinem rätselhaften Dich-im-Sein-Befinden, und akkurat aus ihnen siehst du spriessen, was dir frommt und was in Welt und All - Prinzip der Hoffnung ist auf ewiges Gedeihen der Vernunft in allen gottgesetzten Lagen. Werte und nimm Meinen Rat als Ausbund der Geschicklichkeit entgegen, im Richtig- und Gerechtsein, wie im liebevollen Überschauen jeder Situation, um sie zu klären und schlussends der Heiterkeit und Grazie, Besonnenheit und salomonischen Grandezza zuzuführen.

6.8
Altmeister des Verbindens schroffer Gegensätze Bin Ich, Friedensengel will Ich sein in einer Welt der furiosen Kräfte und Gewalten, festgefahr'nen Meinungen und dubiosen Machenschaften millionenschwer.

Ich leiste Mir's, geduldig hinzuhorchen, wo ein Klagelied die Nacht durchtönt, wo Gefang'ne um Vergebung bitten und Desperate eines muntern Worts bedürfen, um ihr Leben wieder durch das Zauberglas der Hoffnung anzusehn.

Mitgefühl lass Ich in den zerstrittenen Gemütern sich verbreiten, Verständnis für Besonderheiten, die dem Einen eine Wonne und dem Anderen ein Gräuel sind in der Landschaft menschlicher

Gelüste. Keine ander'n Werte sollst du für dich selber setzen als für die, die ebenso wie du der Seinsgerechtigkeit bedürfen, um des Friedens Willen, den einjedes Herz ersehnt in seinen Tiefen.

Ich setze auf das Nutzloswerden aller Barrikaden, die dem Einssein und dem Einigwerden akkurat im Wege stehn, denn die Erkenntnis Meiner Züge der All-Herrlichkeit in jeden Wesens Confort und Sichrecht-Behaupten zeitigt eine Übereinkunft von beseligender Kraft und Zukunftsträchtigkeit, die nur in Mir ihr Räson und Begründen finden kann.

So spinne Ich dich ein in wundertätige Gedanken, die auf Einheit, Seinsgerechtigkeit, Beseeltheit, Harmonie und Herzensgüte zielen. Meine Kunden, Kenner und Benenner sind von Weitsicht und Gefühl für Symmetrie, Glaubwürdigkeit, Gelassenheit und Mut geprägt, um alles göttlich gut zu machen, was da ist und Meiner Wege gehen soll im Geiste, wie im grandiosen Widerspruch, den sich die Erdverkrallten auf die Stirn geschrieben haben.

Ohne Mich und Meinen Wohlklang geht nichts mehr, wenn man die Menschenzeit verewigt. Meine Worte aber bleiben über aller Zeit im Himmelsglanz bestehn, den Ich verbreite in Äonen des Entfaltens, wunderbarerweise, liebelicht und schön.

6.9
Gehörig durchgeschüttelt sind die selbsternannten Dulder akkurat auf ihrem Fürstenthron, den sie sich geschickt zurechtgezimmert haben. Ihre Leiden sind der Abglanz ihrer Seinsempfindlichkeit, ihr Weh das Mitleid, das sie mit sich selber durch die Zeiten tragen. Wahrlich braucht es Nachsicht und Geduld mit ihnen, bis sie, vom Räderwerk der Unbekömmlichkeit befreit, sich wohlgemut in Meinem Geistessalon häuslich eingerichtet haben.

Sei völlig unbesorgt, empfehl Ich dir, indem du Meiner dich versiehst. Mein Mandat umfasst nichts Ungewöhnlicheres als das ganze Weltgeschehn, das Ich in Mein Urteil, Meine Unermesslichkeit und Meinen Spürsinn für die Wahrheit und Gerechtigkeit zu fassen habe. Wer Mich dagegen an ein Wegkreuz heftet, hat noch nicht begriffen, dass Mein Reich vom Geiste her geprägt ist und dass Meine Wirksamkeit Gedanken und Gefühle anrührt und verändert in den Sphären, die dich ebenso umfangen, wie sie Meines Seiens Inhalt sind und Weben. Was erstaunt es dich so sehr, wenn Ich dir sage, dass dein Innesein dem Universensein entspricht, in das Ich Mich gebettet habe und von dem du ein Bewusstsein und Signal erhalten sollst in wunderbar befreienden und liebevollen Zügen.

Dein Fortschritt ist nicht mit Dukaten abzuwägen, sondern mit dem Grade der Erkenntnis, welche du von deinem wahren Wesen dir bereitest und worüber du wie über einen Schatz gebietest, der alles, was du bisher stolz dein Eigen nanntest, um ein Zigzigfaches überbietet in der Schau auf wahre Werte und Bekömmlichkeiten in des Daseins Luftigkeit und Stil.

Leiste dir den Eid, du wollest einmal noch dahinterkommen, um was es sich da handelt in des Lebens Sinngehalt, verbürgter Weisheit und Struktur. Dir ist aufgegeben, Wachheit zu entfalten, Regsamkeit im Geiste, ruhiges Besinnen auf das Wesentliche, wie der Tapferkeit Gefühl, damit du in den Stand des echten Menschentums erhoben werden kannst von Mir und Meinem Anhang, wirkungsvoll und wahr.

Wen Ich erküre, hat sich selbst erkürt in hunderttausend winzig kleinen Dingen, die sein Tagewerk bestimmen und der Tugendhaftigkeit den Vorzug geben vor dem so bequemen und beliebten Ellenbogenspiel. Schlichtheit im Nehmen und Resolutheit im Verfolgen deiner Gottesziele soll das A und Amen sein in deinem Philosophentum von eignen Gnaden. Mach es dir zur Pflicht, geradeaus zu gehn in Meine Gründe, um damit dem Seinsbegründen auf die Spur zu kommen. Klargesichtigkeit, Vertrauen in Mein Gegen-wärtigsein und Reinheit in Gedanke, Wort und Tat begleiten dich in Meine Höhn und Mein elysisches Geflüster von Unendlichkeit, Glückseligkeit und immer-währendem Behagen.

6.10
Was Ich für dich will, ist das äonenlange Wachsen einem Ideal des Menschentums entgegen, das seit Urbeginn in Kraft und Anmut, Liebenswürdigkeit und Grazie erstrahlt. Ich setzte die Verwirklichung in Stufen an, die lange noch als geistiges Geschehen ihren Ausdruck fanden und mählich Immer dichter wurden, bis sie in den Wasserwelten lebendige Gebilde waren. Das Menschenwerden liess sein Fischsein hinter sich, eroberte das Land, die Lüfte, hielt sich aufrecht und begann sein Erdensein in sich zu spüren. Immer mehr verblasste, was da Geistes Ursprung an dem Menschen war, so weit, dass die Gelehrten heute meinen, alles sei vom Unteren zum Oberen von selbst aus der Materie entstanden. Diesen Trugschluss räum Ich nun gehörig aus, indem Ich Meinen Götterratschluss mit den Willigen und Wahrheitsuchenden in Herzenstiefen teile. Das geistige zu schauen ist ihr hoch beglückend Los und Meiner-Gegenwart-in-ihnen-Innewerden, des Erkennens Krone, die Ich noch so gern den Würdigen verleihe, um ihr wahres Wesensein herauszustellen und ihre Wonne zu besiegeln in des Daseins geisterfüllten Höhn.

6.11

Gewiss Geschmack gefunden hast du an dem Traitement, das Ich dir neulich angedeihen liess, um dich in Sachen Seele folgerichtig zu belehren. Ich hiess dich aufmerksam zu werden auf ein überirdisch in dir angelegtes Fluidum der guten Hoffnung, das dir Meines Hierseins Richtigkeit beweisen soll allüberall und ganz gewiss auch in der Tiefe deines Dich-Begründens als Bewohner zweier Welten, die doch nur eine sind, wenn dus erkennen magst in dir.

Charme hat, was gefällt und seinsgefällig ist, was über das Banale, rein Geschäftliche und Siebenbürgerliche akkurat hinausgeht, um das all so menschliche mit neuer Inbrunst und Gewissheit zu beleben.

Es ist wie ein beständig Hin- und Widerfluten von Gedanken und Gefühlen, von dem einen Reich ins andere, von dem wirklich Scheinenden ins Numinose, das sogleich, wenn dein Bewusstsein in es eingetreten ist, als wirklicher erkannt und akzeptiert, goutiert und gutgeheissen wird, als alles hinter dir Gebliebene im mechanistisch formulierten Weltgetriebe.

Ich fasse dich in deinem Innesein behutsam an, um dir zu deuten, dass du auf Mich hören sollst, wenn Ich Mein Wort an dich verspiele, denn es schenkt dir Sicherheit des Ewigen in deinem Bangen und verschenkt sich ganz an dich, um deinem Wesen zur Beschaulichkeit und Friedefertigkeit, Erhabenheit und Würde zu gereichen.

Machst du mit, so mach Ich dich im Christuszeichen fromm und frisch und frei, dem All-Sinn gegenüber, der sich in dein Sein gegossen und der die kühnsten Träume wahr macht in des Lebens Silberhauch und Strahlen.

Schreibe, zeige, bleibe wie du willst in deinen Äusserungen, wie dem Dich-Erinnern: Immer Mich zu meinen ist das Ziel und das Idol, das Ich von dir erwarte, dich führend bald am losen Zügel, bald mit straffer Leine, ohne dass dus noch gewahrst. Einmal wirst du wissen, wie und was Ich Bin, indem du deine Welt als in die Meine eingefügt betrachtest und daraus ein Bild erhältst von überragendem Profil, von Blütenreinheit, Heiterkeit und seinsvollendeten Proportionen. Du Bist in Mir, wenn deiner Seele Glocken Frieden läuten, wenn dein Gemüt im Sturme lächelt und dein Herzgefühl der Wonne sich ergibt, die ihm beschert wird in elysisch aufgeputzten Räumen, die in Meiner Lichtheit, Unversehrtheit, Liebenswürdigkeit und Grazie erstrahlen.

6.12
Schweigen vor Mir selbst und einem wunderbaren Glücksgefühl verfallen, ist des wahren Lebens Attribut und Auserlesenheit in Meinem Mich-Begreifen. Unendlichkeit verspüren, aufzuwachen wie von jahrelang gehegten Träumereien in die Klarheit eines ewigen Freudentags, ist hier Ereignis von bedeutungsvoller Fruchtbarkeit und Schöne. Hast du das Ideal des Seins nur einmal blütenrein und klargesichtig, graziös und liebelicht vor dir gesehn, so wirst du künftig noch mit jeder deiner Gesten und mit alle deinem Trachten kraftvoll und begeistert nach ihm streben.

  Lauterkeit des Herzens, tief gefasstes Mitgefühl an allem Menschlichen, wie an der ganzen Schöpfung und Natur sind unbedingt vonnöten, wenn du vor dir selber und vor einer Götterwelt gehörig, redlich und gelassen willst bestehn. Du sollst es als ein hohes Gut und eine sagenhafte Himmelsgunst betrachten, wenn dein Sein und Leben so verläuft, wie es dem Weltenziel entspricht und allem, was die genialen Geister in es eingepflanzt und in ihm hochgezüchtet haben.

Es erweist sich als unendlich nützlich und galant, manierlich und gediegen, Freundschaft mit dem reinen Sein zu schliessen und in ihm Frieden, Ausgewogenheit, Holdseligkeit und Harmonie zu finden.

6.13
Glückauf in deinen Landen, murmelt sich der Pilger ins Gebet, wenn sich der Weg hinaufverliert in Windungen zuhauf und in dem Mittagsflimmern einer Hitze ohnegleichen.

Ich halte dich, wenn dir der Rückfall droht in alte Traditionen. Ich gebe Meinem Wort Gewicht und lass es in der Herzenskammer klingen, dass es Sicherheit und Seligkeit verbreite, wo du gehst und stehst und wohl zuzeiten auch darniederliegst in rührendem Entgleiten.

O ja, sei du Mein Heil, gestattet sich der Pilger in der Not beständig vor sich her zu sagen und anerkennt die Hilfe seines Herrn als eine lichte Lohe der Barmherzigkeit, allwie das Zeichen reiner Güte, die vom Ich zum Du herniederfliesst und alles gut macht, liebenswert und heiter, feierlich und wunderschön.

6.14
Ein Halleluja vornehmlich und begeisternd abzusingen, tritt der Cäcilienchor ins Rampenlicht und sprudelt, wie ein Rudel Spatzen, selbstbewusst und ungeniert den Lobvers in den Frühlingsäther.

Seelenstimmungen zuhauf durchwallen sich in rasch veränderten Nuancen und bedeuten Aufschwung oder Niedergang, Verzweiflung oder jauchzendes Versöhnen.

Wo sich Gefühle in der Pflicht befinden, treten Leiden oder Freuden auf den Plan und demonstrieren ihre Kraft, die Stimmung des Gemüts rasant und vehement vor aller Augen zu verändern in der Wetterwendigkeit der Zeiten.

So sag Ich dir: Es gilt an alle Unbesonnenheit die Zügel der Vernunft und Klarsicht anzulegen, damit nicht panisches Verhalten oder Überbordendes der Sache einen schlechten Dienst erweise, derweil Ich als Beförderer der guten Sitten Harmonie und Seligkeit verbreiten will in der Empfindsamkeit der Menschenseelen.

Hast du Meine Absicht recht begriffen, greifst du auch in allen deinen Lebenslagen ungesäumt nach Mir, um Schwankendes gebührend auszugleichen und Sicherheit und Glorie zu gewinnen in des Lebens maliziösem Zitterspiel.

Was hüpft und springt, beschert der Welt ein überzeugendes Kontinuum von Lebenslust, Natürlichkeit und Unbeschwertheit, die mit dir noch so gern im Fluidum der Zeit spazierengehn.

6.15
Glückseligkeit in Meinen Landen, Geborgenheit in Meiner Präfektur, hier darf Ich Mich mit Licht gewanden auf der Gottesliebe benedeiter Spur. Wovon Ich lebe, ist an des Vertrauens Weg gelegt, auf dem Ich schrittweis Mich zu Mir erhebe, zur Unbeschwertheit hoch und her. Behüten will Ich vor dem rauen Wind die Geistesflamme, die Ich in Mir trage und schützen sie so lieb und lind, auf dass Ich Mich an ihrem Schein noch lebelang erlabe.

6.16

Alles in allem Bin Ich Mir seit eh und je und will es sein im Blütenkreis der künftigen von Mir ins Sein gesetzten Weltentage. Den Fluss der Zeiten fach Ich an, indem Ich Meines Bildens Kräfte raumgewinnend Meinem Sein entstrahle. So ist aller Dinge Anbeginn in Mir beschlossen und in Mich gefügt und ihres Endes unerbittliches Vergluten trägt das Siegel Meiner Gunst und Kunst im Pläneschmieden und Verwirklichen, Sachwalter sein und sakrosankter Wacher über sie.

Ich geniesse das Erfahren dessen, was da kommt und sichtbar wird und wieder in Mein Sein entschwindet, als erbauliche Parade des Erinnerns an Mein Werk in Meisterschaft und genialem Duktus myriadenfach herangezogen, absichtslos in einem ins Unendliche verwinkelten und potenzierten Spielen.

Was glaubst du, dass du andres bist, als einer Meiner Wirklichkeit gewordenen Gedanken, deren innewohnendes Kontinuum beständig neue Werte schafft und sich als eigenständig und agil erfühlt im Rahmen der Gesetze, die Ich ihm in seines Daseins Sinnkreis mitgegeben.

Ich läutere, wo immer sich ein Anspruch und ein Sehnen nach dezenter Läuterung erhebt und gewähre Einsicht in Mein Sein, wo über aller Selbstgefälligkeit geforscht und Meines Seiens strahlendes Gewissen gutgeheissen wird. So Bin Ich aller Einsicht ein Magnat der Güte und Beglaubiger der Redlichkeit in Meinem seinssubtil gefärbten Herrschertum von göttlichem Befund und den aus Meiner Fülle ausgeschütteten, bewundernswerten Gnaden.

Eines ist, was eines war in immerwährendem Verwandeln und Verhandeln Meiner Kräfte, Mächte und Gediegenheiten. Alles, was da ist, ist was Ich

Bin in unerhört geschmeidiger Synthese und in einem Ruhm, der Mir allein gehört und allem, als das Sein vom Sein und als Glückseligsein in der Erkenntnis Meiner Züge.

Bist du, hast du wahrlich nichts mehr zu beklagen und sollst dankesvoll und lobessicher sein in allen deinen Aktionen, dem Unendlichen entgegen, das Ich dir Bin, vertieft und freigesetzt, erhaben und gekürzt, unendlich weise, selbstvertrauend, liebevoll und zart, der ewigen Seligkeit ergeben.

6.17
Die Mäzene sind gefordert, ihren Dienst am dargestellten Werk geflissentlich zu tun, damit die Menge seiner sich erfreue und sein Sinn im rechten Licht erscheinen kann. Ich aber Bin Mir Werk, Beförderer und lächelnder Bewunderer in einem und geniesse Anwart auf ein glänzendes Diplom als Alleskönner und allübergreifender Erfüller aller Rechte, die da sind und Meines Seins Errungenschaft und strahlende Gesandtschaft bilden.

Wo immer sich in deinem Regime Widersprüche bilden, tritt in Mir kein einziger auf, weil Ich von einem und demselben Punkte aus das All und alles, was damit zusammenhängt, regiere. Lässest du dich ein, auf was Ich Bin und all so meisterlich betreibe, wird dein Platz in der Geschichte ein verehrter Königsstuhl und deine Art, vor Mir sich zu verneigen, zeitigt fabelhafte Frucht in deines Lebens Glamour, Sinngedicht und Stil.

Wer ist, was Ich Mir Bin, wird niemals Forfait oder Ungeeignetheit erklären müssen, denn a priori wird er Sieger sein und Bändiger der leidenschaftlichen Versucher, ihn zu bodigen und seine Burg zu schleifen in der Morgenfrüh. Was immer der von Mir Gesegnete in Szene setzt, wird auch den Abend in der Ära Meiner Wohlgefälligkeit erleben und des Glücks geniessen, das aus dem Erfahren Meiner Güte quillt, wie dem Bewusstsein des Allherrlichen, das in den Wesen wohnt und ihres Daseins Würde ist, Goldschimmer und unendliches Genesen. Nicht alle, die dich Bruder nennen sind dir wohlgesinnt und können es nicht sein, der irrlichtierenden Gedanken wegen, denen sie noch hörig und devot sind in der Tage Wettlauf und Glasur.

Bahnbrechend ist in dieser Hinsicht Mein herzinniges Szenario, unter dessen Wohlfahrt der Gerechte, wie auf Rosen hingebettet, ruht, derweil die Weltenwinde ihn in wilder Ironie und Aberglaubigkeit umtosen.

Wer hütet Mich, sollst du dich fragen, in der Wetterwendigkeit der Tage und sollst allgemach erfahren, dass nur Ich es Bin, in dessen Lauterkeit und liebevoller Gratitüde du einhergehst immerzu, als akzeptiert und aufgenommen in den Kreis der Auserwählten und von Mir Begünstigten in des Menschenlebens Lauf und Diktatur.

Wolle und verbinde, was Ich dir an Wohlgesinntheit und Verbrüderung verleih mit dem, was auf der Fahrt ins Künftige dir begegnet zum veritablen Guten insgeheim von Mir getan.

Das ist die Epistel, die Ich dir heute graziös und glaubhaft, lebenspendend und markant vergebe, um der Wohlgefühle willen, die dich immerzu von Mir beseelen sollen, licht und heiter, lieb und sonnenklar.

6.18
Mit metaphysischer Gewalt muss Ich in dir Vertrauen, Fabelhaftigkeit, Verständnis deiner selbst und Wachheit generieren als Basis für die Menschheitsevolution, die Ich als kosmische

Miniatur und Skizze in Mir ausgedacht und hergerichtet habe. Schweigen herrscht vor Staunen im erlauchten Auditorium, dem Ich dies mit wallender Begeisterung erzähle. Doch dann bricht Jubel aus ob soviel Genialität und Mustergültigkeit, die in der Tat zu Tage tritt im Hall und Widerhall der Generationen, die Ich Mir erschuf und in denen Ich Gewaltsamkeit, Gediegenheit und Liebenswürdigkeit in einem walten liess. Das ist schicklich, um voranzukommen im erwartungsvollen Universenschaffen, an das Ich Meine Lust und Leuchtkraft, Meine Zeit und Zuversicht, Mein Herzblut und Mein Sein verschwende, seit Äonen.

In Myriaden Keimen leg Ich an, was Mich beschäftigt, verleih ihm Boden und Begiessen, voll reizender Behutsamkeit in liebevoller Pflege. So sorg' Ich dafür, dass es sich entfalte und in Eigenständigkeit und Daseinspoesie Bewusstsein von sich selbst erhalte, als in Meinem Universensein und unnachahmlichen Brillieren, im gedanklichen Kalkül, wie in der Sorglichkeit, mit der Ich es zum Blühen und Agieren bringe.

Bin Ich Mir ein aberwilliger Möchtegern geworden, so liegt es nun an dir, dem Aufwall Meiner selbst Beachtung, Regelmässigkeit, Routine, Reiz, Bedeutsamkeit und Grazie zu verschaffen, damit Ich Mich an dem erlabe, was Ich schuf und Meinem Seinsgewissen Ruhe und Relieve gewähren kann, ob dem Vollenden, das sich abspielt in den Wesenswelten.

Schaffe du dein Teil und lass Mich in dir Meine Glorie und Glückseligkeit empfinden, deren Ich bedarf, um akkurat und zierlich Meinem Schöpfertum die Krone aufzusetzen. Wissentlich und willentlich sei Mein Gefährte auf der Wanderschaft zum Evolutionenziel, mit dem Ich selber Mich beschliesse und in das Ich Mich ergiesse, wunderbarerweis, allherrlich und gediegen.

So ist alle Mühe nicht umsonst getan und aller Aufbruch findet ein holdseliges Finale in der Seinsgelassenheit und Weiselosigkeit, die Ich im Allerinnersten erstrebe und in der Ich Mich erlebe, ewig, heiter, seinsgedankenspinnend, daseinslustversinnend, ohne Absicht, vornehm, heil und weise im Unendlichen.

6.19
Wer bestimmt, was sein soll, ist der König der Geschichte hier und verschafft sich den gebührenden Respekt durch brachiales, unbarmherziges Befehlen. Alle haben sich zu ducken, wenigstens solang er hinsieht und sein Ungestüm verrauschen lässt an der gemeinen Schar.

Wie glaubst du, dass Ich Mir Respekt und Resonanz verschaffe in der Weltenzügellosigkeit und unstabilen Währung, blutenden Bilanz, wie dem steten Schwund des herrschenden Vertrauens in die sakrosankten Institutionen?

Ich lenke leichterdings und unfehlbar, indem Ich allen Dingen innewohne und akkurat in ihnen Meinen Willen und Mein seinspoetisches Design entfalte, derweil noch jeder meint, der Saft der Weisheit fliesse ungeniert aus seinen eignen Schalen. All so leg' Ich Mich hinein und winde Mich und schinde Mich äonenlang durch Meines Seins Geschichte und Gewähr für Fortschritt, Bildung und Begaben.

Mein Herrschertum vollzieht sich in gestrenger Güte, Logik des Bestellens und ununterbroch'ner Wachheit am Profil, das Ich dem Stofflichen verleihe, radikal und formentief.

Sieh alles, was geschieht im weitern Sinne als auf dich gemünzt und gnadenvoll und gnadenlos auf dich bezogen an, derweil du in den herrschenden Strukturen Meine Stimme und Gestimmtheit wahrnimmst, dort und hier. Sowie du Mich erkennst im Abrakadabra des Verfügens, Ungenügens, Reussierens und Brillierens um dich her, hast du den besten Teil erwählt und lässest dich getrost und willig, sanft und liebevoll von Mir durch alle Lebenswirrnis führen.

Das Weltgedeihen lässt sich nicht am Börsenbarometer eruieren. Einsicht und Genie vermag noch jede Tücke meisterlich mit Tugend zu parieren, als in Meinem Sinn und Gleichnis willensstark getan. So lebst du auf, wo Hunderte dem Ungemach erliegen und darfst in Meinen Hallen heiter fürbass gehn, wo andere dem Schund und Schlund und Hund verfallen, ohne Meine Absicht und Mein immanentes Wohl zu spüren.

An jeder Ecke steh Ich für dich Schmiere, eh du sie umgehst und warne dich vor Unbekömmlichkeiten, die den Weg versperren und dein Schicksal in die Irre führen wollen. Ich allein Bin, was Ich Bin in dir als Trainer und getreuer Hirte über allen deinen Angelegenheiten, deinem Wohl und Wehe, wie der Inbrunst, die du vehement zu deinem Sein und Leben in dir fühlst. Gelingt es dir, Mich im Geringsten aufzuspüren, wandelt sich dein Sinn und deines Sinnens Akrobatik windet sich galant und unverwandt zu Mir empor, wo Friede des Gerechtseins herrscht und den Gerechten Freude widerfährt in wunderbar ereignisvollen Zügen. Du kommst und damit komme Ich zu Mir und finde des Elysiums Salut und seelensicheres Bewähren. Habe du Geduld und des Frohlockens Stimme wird dich zieren. Meistere, was deine Welt betrifft mit wachsender Bravour und du wirst dich der Meinen unbedingt versehn in Gleichmut, Herzensgüte, Lauterkeit und Harmonie, als in der Grazie des Seins allwie im namenlos beseligenden Seinserleben.

6.20
Was hast du alles schon zugunsten jener grossen Schau getan, die dir allnächtig aufblüht vor dem Wachruf und Salut der Seelenaugen? In allmächtigen Mäandern flutet vor dir alles Leben herwärts, hinwärts, weit und breit durch die Äonen und stärkt sich, als von Mir gegeben an den Geisteskräften, die sein Überleben sichern und der Tatkraft Feuer spenden im bewundernswürdigen Allhier.
  Goldeswert ist's, solchen Seherdienst zu pflegen, als in einer Übersicht voll Verve und Selbstbewusstheit, Meinem Wert gemäss und aller Wertung, die Ich durch die Zeiten trage. Rammbock Bin Ich der Verwirklichung der grandiosen Pläne, die sich auf der Bühne des Geschehns zusammenraufen müssen, denn Mein Machtspiel überschlägt sich bis in allerfeinste und verbindlichste Nuancen, die Gewähr für Ganzheit bieten im unendlichen Kalkül.
  Rücksichtslos und liebevoll zugleich vermehre Ich den Glauben an die Pracht und Virtuosität des Künftigen, um, was Ich will, auch wirklich zu vollenden, Tag für Weltentag, wie in der Nächte Süssigkeit und Brausen.
  Schmiegst du dich den Zeitenfolgen an, die dir von Mir beschieden sind, vollzieht sich die Verwandlung deines Ich-Gefühls in das Bewusstsein schierer Herrlichkeit und Willensstärke, als von Mir verkündet und verstrahlt in überragend unverbrüchlichen Manieren. Du näherst dich zuzeiten und dann immer mehr dem Lockruf Meiner göttlich weisheitsvollen Attitüde, die dich von Mir beseelt

und Aufschwung und Beseligung gewährt in masslos manifestem Selbstgenügen. Die Masse bist du, der Ich knetend, schnippisch, gravitätisch, wohlgesinnt und wuchtig Form verleih nach Meinem Gusto und Verfügen. Sperrst du dich, wirst du vom Schicksal leichthin überrumpelt, meisterst du, was in dir tüchtig und erfolgversprechend angelegt, bist du Mein auserles'ner Knappe, Kumpel und Kumpan, an dem Ich Meiner Freude Richtwert finde und Befrieden.

Sinnt dein Sinnen sich ins Musische hinein, lass Ich sogleich der Harfenklänge Lied vor dir erschallen und bekräftige, was du dir Bist, mit süssen Seufzern und mit seinsharmonischen Gefühlen, die das Leben lecker machen und ein veritabler Trost sind für die ausgestandne Müh.

Wahrlich eine Wucht ist alles, was Ich Mir erbilde und ist dennoch in ein Fries von Feinheit laufend des lebendigen Erlebens Meiner Dispositionen und Gepflogenheiten als im göttlichen Asyl, das Ich den Aufgewecktesten, wie den Bedürftigsten in Meinem Himmelsraum gewähre. Du bist ewig Mein und Mir verschworen, bist Mein Ich und Meine Remedur. Wo du willst, kann Ich dich führen durch den Meisterzug der Horen, in dich wie Mich verliebt und allem Sein verschworen, das da ist und sich in Stille und Gestilltheit übt, sowie in Selbstbesinnen und Frohlocken über die Gewähr, die es sich bietet als erlaucht und selig, zart und züchtig, siegessicher, lächelnd und erlöst im Wunderbaren.

7

Lass die Seinsverbindlichkeit des Herzens spielen

7.1

Untröstlich sind die Menschen noch, wenn sie den Freund, die Frau, den Mann im Tod verlieren. Ich aber sage ihnen, lasst in diesem Fall die Seinsverbindlichkeit des Herzens spielen. Jede Seele ist, weil Ich in ihr Substanz und Leben, Wesenhaftigkeit, Unsterblichkeit, mit einem Wort: das Sein bin, das in unerschöpflicher Wahrhaftigkeit die Mitte jeden Wesens bildet und nie aufhört in ihm seine Leuchtkraft, Weisheit, Liebewärme, Lebenslust und Grazie zu verstrahlen.

Einmal bist du so, dass du, erkennend, dich dem Sein vollends vermählt und einig fühlst. Dann weisst du dich auch einig mit dem Seelensein der Toten und du wirst den Schmerz veredeln und verklären im Bewusstsein ihrer Gegenwart in dir, der du im Geist - des Universums Fülle bist und Wirklichkeit und wundertätiges Begaben.

So folgt der Trauer das bewusste Auferstehn in Meine Sphären himmlischer Gelöstheit und Erhabenheit, folgt das Geselligsein mit der Gemeinschaft aller Seinslebendigen, ob sie nun in dem Leibe inkarniert sind oder nicht im Wunder des beständigen Bestehns.

Sprich dich aus in deines Herzens liebevoll befeuerter Natur mit allen, die du zärtlichen Empfindens durch dein Innesein beglücken willst und lächle ihnen Frieden, Freundschaft, Seligkeit und Herzenswonne zu im selben Masse, wie sie dich beseelen.

Was immer lauter ist und rein, geziemend, seinsverbindlich und dem Herrn gehörend, darfst du denen geben, die um dich, in dir und Mir versammelt sind, als Einheit aller Dinge und Gewalten, als Gewähr für ewige Freundlichkeit und Gottesminne, in der wir alle unverbrüchlich aufgehoben sind und unser Weltenschicksal weben.

So leuchte auf, was ihr euch seid im alles überstrahlenden Ich Bin und wende sich Mir zu, als in der grossen Wende, die das Sein begründet und in ihm das ewige Frohlocken und die Zärtlichkeit Elysiens, die sich das freie, reine, redliche und liebevolle Herz zutiefst erspürt.

7.2
Allerdings muss jeder einmal doch sich selbst gehören, damit er Stärke, Unabhängigkeit und Mut beweisen kann in seinen Aktionen und Gepflogenheiten durch den lieben langen Tag. Damit aber sondert er sich ab von alledem, was ihn umgibt und, was besonders ins Gewicht fällt, auch von Mir. Durch Eigenständigkeit musst du, o Mensch, der Illusion verfallen, der Mittelpunkt und Reiz und Rüstzug deiner Welt zu sein und auf dem Fusse folgt dann dieser Ansicht noch die Spekulation: ein Höheres, sofern es überhaupt besteht, müsse ausserhalb von dir in einem unzugänglichen Refugium existieren.

Damit ist fein säuberlich der Dualismus in die Welt gekommen, hie Gott, hie Mensch und Schöpfung, was sich aber keineswegs verträgt mit dem im Individuum angelegten Ich- und Weltgefühl.

Folgt daraus, dass es allüberall nur ein Ich geben kann, das allem innewohnt, was ist und dessen Qualität im Höchsten, wie im Niedrigsten, genau dieselbe ist, geprägt von Meinem Sinn und Überragen.

Nun gilt es, die Erkenntnis dieser Seinsbesonderheit der ganzen Menschheit einzuprägen und damit die Einheit wieder herzustellen, die von Anfang an gegeben war und deren Köstlichkeit den Mensch- und Weltengeist zutiefst beglückt und ihn befähigt, alles, was da ist, mit der Gebärde des Einanderzugehörens und der Liebe zu umfangen, die sich hilft und fördert, schützt und respektiert, wo sie nur kann und damit Wohlbefinden, Wachheit und Verständnis schafft in allen Regionen virulenter Seinslebendigkeit und hoffnungsvoller Akribie.

So wird und muss es tauen im Gemüt der Myriaden, damit die Friedefertigkeit das Szepter führen kann und sich das Himmlische und Weltliche in einer Schau von überwältigender Liebenswürdigkeit, Holdseligkeit und Minne wunderbarerweis zusammenfindet, als in Mir, wie in der Genialität des Seins, bewusst und hocherhaben.

7.3
Ohne Grund wird nichts getan in Meines Seinslaboratoriums Tiefen. Es schält sich Meine Absicht mählich, mählich aus den Situationen deines Lebenslaufs hinaus und offenbart sich dir als pure Weisheit in myriadenfacher Mission.

Nicht du bist es, der immerfort agiert und losfährt, ankert, Lustbarkeiten sucht und anstösst, Lebensliebe findet und Erlösung in der liebevollen Tat. Denn ständig Bin Ich deines Handelns Mentor, Muster und Magie in deines Willens Wucht und deinem noch so undurchsichtigen Gehabe.

Dein Beitrag zum gigant'schen Weltgeschehn verpufft dem Meinem gegenüber wie ein Wassertröpfchen auf dem heissen Stein und hat doch seinen Sinn und sein Bedeuten in der wunderbaren Lebenspoesie, die Ich allüberall verbreite.

In seinem Gründen und Begründen ist Mein Ich von deinem Du in keinem Fall zu trennen und, als was du dich erkennst, kann nur die Frage deiner Wachheit sein, die sich eben durch das Leben steigert, mit dem Ziel, in Meine überragende zu münden, feierlich, begeisternd, siebenselig und famos.

Es ist wie Blindsein und urplötzlich Sehn, indem die biblische Allegorie genau für dich zur Wirklichkeit erblüht. Ein Aufschwung ist's und Auferstehn in Sphären seidenweichen Freiseins von den Härten der Alltäglichkeit in deines Seins Gesetzlichkeit und Fluten. Du registrierst und nimmst für wahr und wirklich, dass du Bist und damit Meines Seiens Weihe und Broschur erlangst in wunderbarem Selbstgenügen.

Einig, heilig, glorios und gotteskräftig bist du Mir geworden in der Feier des Vermählens deiner selbst mit der luziden Aureole Meiner Angelegenheiten, die im Geistigen und Übersinnlichen ihr Wesen, ihren Wert und ihre Fülle zum Entfalten bringen. Darin liegt Mein Erbe, und in deiner Hände Drang und Überschwang ist Meiner Macht Gebärde und Genügsamkeit gelegt, damit vollbracht wird, was Ich Mir erdachte und damit der Götter namenlos subtiles Weltgefühl in alle Wesen ströme Meines schöpferischen Flairs und Meiner Fülle des Gestaltens.

Geh in dich und geh damit in Mich in Heiterkeit und heiterem Erstaunen, grüsse dich von Mir und sei Mein Abbild, eine Prise Meines Glücks und Meine allerliebste Kapriole.

7.4
Was dich trösten kann im Aushub deiner Niederungen ist die Stelle in der heiligsten der Schriften, die da lautet: Deine Wege sind Mein Ziel, Mein ist die Wahrhaftigkeit, und deines Lebens Hauch ist dir von Mir gegeben. Ist es so, dann brauchst du nur dich aufzuraffen zum Erüben einer Innigkeit, die dich erkennen lässt, wie die allewigen Dinge stehn und

wie Ich Mich in Zeit und Ewigkeit verhalte, um der Gerechtigkeit und Weisheit Willen, die Ich gegenüber allem, was da ist entfalte und Mich unbedingt in ihm erhalte, wunderbar.

Eine Sage hat das Sagen, die durch alle Zeiten aufrecht geht, dass Empfinden und Verstand die unzertrennlichsten Geschwister sind, die man sich denken mag und deren Equilibrium das Nonplusultra darstellt Meiner genialen Absicht, dich zur geistigen Verbundenheit mit Mir emporzuführen.

Kannst du dies verspüren, müssen die drei Teufelskerle: Spottsucht, Neid und Furcht als Überwund'ne schmählich von dir weichen. Was bist du dann ein Freigewordener in Meinem Sinn und Glanz, geprüft im Fach der Tugendhaftigkeit und Seelenstärke und als Bestandener notiert vor Meinen und vor aller Augen, die da sehen mögen, was sich in der Gründlichkeit des Lebens wandelt und vollzieht.

All so darfst du dich als ein Geweihter und Verbündeter der höchsten Geistessphären ungeniert betrachten und der Friedefertigkeit und Freude, himmlischen Gelöstheit, Lebenspoesie und Grazie gewahr sein, die Meinem Reich und Reichtum angehören. Gewöhne dich daran, nichts anderes als die Verwirklichung und Wahrung Meiner Sinnkraft zu erwarten, als in dich und deine Welt gefügt, damit es dir gelinge, dich dem Zauber des Allewigen bewusst und dankbar, redlich und gewissenhaft dahinzugeben.

Gross wird die Freude sein in Meinen Landen, wenn du kommst und kommend eine Zierde Meines Hauses bist und eine Stätte des glückseligen Erinnerns.

7.5

Was ist denn so prekär an deiner Lage im Gewind der Zeiten, wenn du bedenkst, dass ja nur allzubalde Gras darüber wachsen wird und deine Niederkunft ins Leben dem Auferstehen weicht in Meine hochsensiblen Geistessphären. Sicher ist's nicht ohne, den so dramatisch scheinenden Hinübergang von einer in die andre Hemisphäre zu bedenken, weil genau an dieser Stelle die Entscheidung über Sinn und Un-Sinn allen Daseins fällt in deinem virulenten Recherchieren.

Du Bist und bleibst ein Ignorant, solange dich die letzten Dinge und Relationen, Bedenken und Empfindungen nicht brennend interessieren. Wahrhaft klug ist, wer im Wissen um das Ziel auf seine letzte Reise geht.

Dein Sein erkennen wirst du, wenn du's nicht schon jetzt erkannt hast, als Majuskel der Unendlichkeit in der Glorie deiner Tage. Du müsstest nur ein Machtwort sprechen gegen die Gewohnheit, unbewusst im Schlendrian dahinzutreiben und bald dies, bald das vom Weg zu pflücken, den du lässigen Schritts begehst.

Gib dir und deinem Nächsten Glut und Richtwert. Auf Mein Gluten lass den Seinsbegriff in dein Bewusstseinskämmerlein hineinspazieren, dass er sich weite, breite, Mir entgegen. Lass nicht locker, bis sich dir die Lebensdinge klären und Vergangenes wie Künftiges als eine sieggewisse Heerfahrt Mir zu vor der Blüte deines Seinsgewissens stehn.

Du wirst dich niemals übertun, wenn du alles, was du wissentlich dein Eigen nennst, auf eine, Meine Karte setzest und dir damit den Herzensfrieden, Mut, Erfolg und Zuversicht gewinnst in Meinen Sphären makelloser Weitsicht, Hochgestimmtheit, Heiterkeit und himmelweiter Harmonie.

7.6

Abenteuerlustig tret Ich an im neu erfund'nen Medium der reinen Geistessphären. Ich erschaue alles als in Mich und Meine Welt gehoben, derweil Mein Seinsbewusstsein im Unendlichen spielt und es durchdringt, in, Meinen Eigenwert erhöhender, Manier. Nenn Ich Mich Vater, Bin Ich in allem auch Mein Sohn. Geruhe Ich Mich auszudrücken, stell' Ich nur immer Mich und Meines Mich-Verflutens Eigentümlichkeit und Resolutheit dar. Süss und sauer, stofflich, geistig, stirnerunzelnd, heiter und vergnügt geworden Bin Ich Mir in den Geschichten und Gesichtern Meines abergründigen Gedankenwesens. Was ist nun wirklicher als das, was eine kleine Weile nur besteht und mählich, schmählich dann vergeht, oder Meines Selbstbewusstseins allerfüllende und allbegreifende Magie? Ich trete auf wie einer, der dem eignen Auftritt längst zuvorgekommen ist in ururfernen Zeiten und erschaue Mich als einer unerschütterlich durch alle Zeit getriebner Generationenreihe jüngstes Glied, dem die Weisheit und Erfahrung von Äonen innewohnt in seinem Sich-Verstrahlen.

Erreiche du denselben Zustand, rat Ich dir, der schweigenden Präsenz in den Gestalten und Gewalten deines schöpfertümlichen Reviers und labe dich und bade dich in deines Elementes Wohlbekömmlichkeit, der eigenständigen Raison entsprungen, die dein Sein und Wesen krümmt und heiligt, urbar, sicher und beständig macht und unerschütterlich für alle Zeiten.

Behutsam, wie auf Samt gebettet, trage Ich dir Meines Zustands silberhelle Quadratur des Kreises kraftvoll, liebelächelnd und gestillt entgegen und bedeute dir das makellose Glück der Sphären, dessen Zeuge Ich Mir Bin und wunderbar geschliffenes Erleben.

Ich mache wahr, was aller Wesen Wünsche Trieb und Trachten, Glut und Schmachten, Fall und Fauchen ist, dass die derart gestillten und gesundeten Gemüter Meinen Lobpreis schüren und sich im Frohlocken, Jubilieren und Glückseligkeit-Markieren üben.

Ich wandre aus und komme unausweichlich wieder bei Mir an, um Friedefertigkeit und Seinsgediegenheit, des Daseins Grazie und Ruh zu ernten, reich und rein, Mir selbst zutiefst verträglich. Ziel und wunschlos Bin Ich Mir geworden als im makellosen Sein erkannter und bekannter, richtungweisender und jubilierender Agent der guten Hoffnung, der Bewusstheit, Wachheit, Seelenseligkeit, wie des elysischen Behagens.

7.7
Regelrecht hinabgenommen aus den Sphären makelloser Ruh ist aller Weisheit Glut und aller Melodien Schmelz und Süsse, als von Mir dem Menschenvolk versehen, anerboten und verehrt, um in ihm Resonanz und Rüstigkeit, Bewunderung und reinen Herzenswohlklang zu gebären.

Manifestes und nachhaltiges Staunen sollen dich bewegen, ob der Vielgestaltigkeit und Aufgewecktheit aller Weltenwesen, die da flatternd, schnatternd, kapriziös und unbeholfen, warm und kalt und klug und kläglich ihren Dienst am Dasein tun. In allen bin Ich Dichter und Verrichter fabelhafter Taten, die von vaterländischem Genie, Gerissenheit und wunderbarem Gleichmut zeugen. Ich Bin, du Bist und alles ist ein Gleichnis seelenvoller Güte eines Allseins von Erhabenheit und Geist und Wirksamkeit in der allwerdenden Natur.

Schau hin und schaue Mich, wohin du trittst und wo du himmlischer Gedanken dich befähigt siehst.

Dir soll Gewissheit werden von dem, was da wirklich ist in Geistesgründen, die sich behütend schaffend, froh und schmerzlich an der Welt vertun. In sich selber aber sind die Gründlichen in ihrer hellen Schaukraft von der Seligkeit ergriffen, die dem All das Leben und die Liebe spendet, Licht und Kraft, Besonnenheit und Güte, Auftrieb, Freiheit und Erlösung von jedwelchem Wahn.

7.8
Vater will Ich heissen für die ausserordentlich gewissenhafte Schar, die lernen will und lernt von den Propheten, sowie Verheisser einer Gottesweisheit ohnegleichen in des Lebens Tatzeit und Gehaben. Ich gestalte und erhalte, was die Guten ihren Einfluss und ihr Schicksal nennen, denn sie haben sich dezent und würdig, weitblickend und final dem Weltenwillen unterworfen, der Ich Bin und der sie sind in fabelhafter Eintracht, Redlichkeit und Kombination.

Als Söhne Gottes will Ich die bezeichnen, deren innerer Lebenslauf olympische Dimensionen angenommen hat in heldenhafter Schlichtheit, Disziplin und unerschütterlichem Glauben an das hehre Ideal, das sie sich zur Verwirklichung erkoren.

Ihr Ich ist mit dem Meinen vollends eins geworden und erträgt kein anderes in ihres Menschseins Mantille und Rumoren. Des Hierseins Fülle, Fracht und Aufgeschlossenheit ist ihnen ebenso geläufig, wie der Sinngehalt des Ewigen, der sich als Geistesabenteuer ersten Ranges und Erfahrung liebevollster Art erweist in ihren Meisterrängen.

Klarheit herrscht, wo Ich Mir Klarheit Bin in Meinen Bürgen. Was immer Ich erschliesse, rundet Mir den aberwilligen Kreis der süssen oder herben Seinsverpflichtungen, die Ich Mir zur Erfüllung auserkoren. Dabei lieb Ich Grandioses ebenso, wie Winzigscheinendes in Meinem universenweiten Laborieren.

Dergestalt heb Ich Mich seinsbewusst und heiter, frank und frei hinan in die Beschaulichkeit des unvergänglichen Verrieselns aller Dinge ins glückselige Erlaben.

7.9
Das Wesen Christi ist dir nah wie Seelenmilch und Honig. Du sollst lernen, seine Lichtgestalt in wunderbarem Ebenmass in dir zu sehn.

Sein Verlangen geht dahin, in dir und allen Gottesweisheit zu verbreiten von der Art des liebevollen Unterweisens an der Herzenstür. Bewahre du den Wohllaut reinen Friedens, der von seinem Sich-Verstrahlen ausgeht und das lauschende Gemüt frohlocken lässt im Wunder des Glückseligkeit-Erfahrens. Öffne dein Bewusstsein für des Geisteslichtes Strahl und empfange, was dir frommt, in stillen, segensvollen Zügen. Der Hauch des Wohlgelingens spricht dich an von dem, der ist und dem die Gottesweisheit angehört seit eh und je, wie das höchst lobens- und bewundernswerte Weltverfügen.

Ich weise Mich Mir zu in deinem Sehnen nach Gerechtigkeit und Frieden des Gemüts in allen Lebenslagen. So wie du kommst, komm Ich zu dir und überschütte dich mit Freuden des Elysiums und mit der Wonne, die den Seinsverklärten zugehört in ihrem Sich-Erheben. Helfe mit und du kannst Meiner Hilfe sicher sein in allen deinen Nöten. Staune ob dem Wunderbaren, das dir so geschieht, derweil Ich will dafür dir sanft und seelenvoll den Lebenssinn erschliessen.

7.10
Noch eh die Ruhe war über den Wassern, Bin Ich – und, wenn alle Wasser längst verschwunden sind, Bin Ich es wieder, der in sich besteht und seines Seinsgewissens Sanftmut und Regal, Entschiedenheit und Virtuosität in Gänze spielen lässt im Glanze neuer Geistestaten. Rühr Mich nicht an, Gedanke, lass Ich Mich in Meiner Attitüde reiner Ruh vernehmen. Nichts das der Weiselosigkeit abhold ist, soll sich Mir zusammenbrauen, dessen Ich Mich rühmen möchte, wenn Ich Würde wollte oder Festlichkeit und langgedehnten Silberflötenton.

Dass Ich Bin empfindend registrieren, ist Mein einzig Hochgebot und ewig gültig daraus abgezogenes und vollbewusst gewordne's Resultat.

Wie innig, sinnig, seelenvoll und seinskonform ist Meines Ruheleuchtens Konsequenz aus simplem Dasein in beglückender Besinnungslosigkeit dem Seinsbeschauen hingegeben.

7.11
Wer möchte nicht des Seins Allgegenwart in eigner Kompetenz und Ehrenhaftigkeit geniessen. Ein Ruhen ist's am Pol der götterherrlichen Substanz, die allem innewohnt, was ist und die zu kennen und benennen höchster Freude Klang und Rang bedeutet in des Wesens Glorie und Herzensspiel.

Es ist so traulich hier, darf es sich sagen, in der Woge der Barmherzigkeit am Sein und Leben, im bewussten Achten auf die Sternenwachheit, die den Seienden beseelt und ihm die Fähigkeit verleiht, sich in sich selber gänzlich frei und allweit zu bewegen.

Ein Versprechen -eingelöst und abgehandelt ist's im Geiste der Allherrlichkeit- soll einer Welt zum Auferstehn verhelfen und einer Menschenblüte dazu, Klarheit zu gewinnen über sich und ihr Voll-Wonne-im-Unendlichen-Thronen.

Wer sagt, er wisse es, es stehe da und dort geschrieben, der weiss es eben nicht, eh er's in vollbewusstem Recherchieren an sich selbst erfahren hat in einer Schau von überwältigender Folgerichtigkeit und Götterherrlichkeit durchdringend Universenräume und Äonen.

Das allgemeine Ich als Einziges das ist, hat sich dem Würdigen erschlossen und befähigt ihn in einer Geistpräsenz und Wachheit ohnegleichen in allen Weltendingen da zu sein und ihnen als der Inbegriff der Treue, der Besonnenheit und Herzensgüte wesenhaft und innig zu gehören. Leise, liebevoll, wahrhaftig und gediegen spricht das Allsein in dir aus, was Leben ist und Fülle, Heiterkeit des Ewigen und absolute Sicherheit des Seins in einem unerschöpflich gloriosen Sich-Verstrahlen.

Eine Morgengabe aus erhabensten Gefilden ist's, was den Erwählten so verwunderlich und wunderbarerweis betrifft und ihm in segnender Behutsamkeit das Seelenauge öffnet für die Reinheit, Wirklichkeit und Wohlgestimmtheit einer Welt von Geisteskräften, die da sind Gesandte eines Seins von unerhört bedeutungsvollen Graden.

In allem, was da ist, ist auch ein Göttliches im Spiel und lässt sich nicht verleugnen. Von ihm senkt sich Wahrhaftigkeit und Güte, Bildsamkeit und geniale Vielgestaltigkeit auf alles Wesende hernieder und befähigt es zu sein und sich des Daseins innig zu erfreuen. Ich Bin die Wahrheit, spricht das Leben und der Weg, den alle gehen müssen, um zum Herzensfrieden und zur Wohlfahrt der Gerechten zu gelangen. Einer hat es uns in eigner Kompetenz und Liebefähigkeit bewiesen, einer ist aus seinem Sonnesein herabgestiegen, um der Menschensphäre hilfreich, wohlgesinnt und unaufhörlich einzuwohnen.

Das Erhebende strömt immer aus der Innigkeit hervor und entfaltet voller Grazie, was ihm geboten ist, dem Himmel und den Himmlischen zu weihen.

7.12
Ich Bin Meines Seins gewiss in einem wunderbar gesegneten Erwachen zu Mir selbst, das Mir Mein Dasein als im Geiste offenbart, im Strahlenlichte des Verklärens. Ich bin Mir sicher, dass Ich Bin und dass Ich Mich in einem zeitenlosen Jetzt befinde, als im makellosen Sein von eignen Gnaden.

Nur der Weltengottheit steht es zu, in solcher Weise Weisheitsworte über sich zu formulieren und im Weiselosen Vorbild, Kraft und Seligkeit zu finden. Ein Frohlocken ohnegleichen lebt und webt in Meinem Mich-Begründen als die Reinheit selbst, in absoluter Unverbrüchlichkeit und Heiligkeit des Wunderbaren.

7.13
Eine gottbegnadete Gesangspartie läuft ab vor Meines Angesichts Behagen. Ich staune die verblüffenden Finessen an, die sich galant und witzig, leichtfüssig und frontal dem offenen Gehör und Auge präsentieren.

Was ist hohe Schule, wenn nicht der geniale Ausdruck einer freudesprühenden Idee mit den künstlerischen Mitteln, die die Menschenvölker sich in zähem Ringen zubereitet haben. Glückauf, ruft uns das Genuine übermütig und gedankenfroh entgegen und begeistert durch Jahrhunderte die angeregten und betroffenen Gemüter, die dem

Neuen, Ausdrucksstarken wohlgesinnt und willig gegenüberstehn.

Wer verwandelt eine Welt, die immer noch die Meine ist in einen wunderhübschen Paradiesesgarten? Ich und Meine phantasiebegabten, schönheitschaffenden Vasallen auf dem Erden-, wie dem Himmelsplan. Sie leisten, was der Grossteil ihrer Menschenbrüder nicht vollbringen mag und bringen unerhörte Opfer, um des reinen Ausdrucks willen, den zu offenbaren sie gewillt sind bis aufs Blut und auf die Armut, die sie, äusserlich gesehn, erleiden.

Aus ihrem Innern aber strömt Mein Reichtum, unbehindert von den Lebensnöten, in das weltliche Hallo und befruchtet und begeistert es aufs Angenehmste und Bekömmlichste mit seinem wundervollen Tauschen.

7.14
Das Köstliche wird kommen allsobald, wie du dich vollbewusst und feierlich in Meines Seins Unendlichkeit, Allgegenwärtigkeit und Würde fallen lässest, ohne jeden Anspruch auf ein festgefügtes Ziel.

In Mir ist alles licht und leicht, von makelloser Güte, liebevoll und wahr. Der Gedanke an das Sein allein in dir ist fähig, dich in eine Wirklichkeit von Kraft und Anmut, Meisterschaft und Generosität, Glückseligkeit und Wonne zu versetzen, die das Erste und das Letzte dessen sind, was du bedarfst in deines Seelenseins Ersehnen.

Diese Gotteswerte fliessen als ein Himmelstau in dein Befinden, wenn du unerschütterlich vertraust, auf was Ich Bin in dir und in der Fülle deiner Angelegenheiten. Deines Lebens Fahrt und Fortschritt, Eloquenz, Beständigkeit und Rarität gestaltet sich fortan zu einem wunderbar bedeutungsvollen Festzug, Mir und Meiner Makellosigkeit entgegen. Nimm Mich auf, o nimm Mich auf, wirst du dann voller Sehnsucht rufen, als ein Menschliches, das sich vom Atem Gottes liebevoll umhüllt, belebt, befriedet und begleitet sieht, und du erfährst die Einung mit dem Schönen, das dich als ein Universenlicht begnadet und berührt und als die Stimme der Unendlichkeit den Segen flüstert über dich der Seligkeit des Daseins in elysischer Bekömmlichkeit und Wohlfahrt, Grazie des Weilens und vollendeter Genügsamkeit am Sein und ewigen Seinserleben.

7.15
Ich versetze dich ins Du, o Mensch, derweil Mein Sein sich in sich selber trägt und wahrnimmt, Richtmass an sich anlegt und gelassen Lebenspläne redigiert, um der Vollendung Willen, die Ich allezeit erstrebe.
  Legendär ist die Geduld, mit der Ich durch Äonen bessere Werte, Köstlichkeiten, Zucht und Ordnung generiere. Aufschwung heisst die göttliche Parole, die in allem lebt und wirkt und Widersprüchlichkeiten korrigiert im Habitus der Myriaden. Eine Woge neuer Einsicht seh Ich in die Häupter fahren, die sich im Selbstbesinnen üben und daraus den allergrössten Nutzen für sich ziehn. Sie meistern ihres Daseins mannigfaltige Affären elegant durch einen Wink von Mir und durch die Seelenstärke und den Lebensmut, der ihnen eigen. Nicht Verzweiflung - Seinsvertrauen und markante Überlegenheit sind ihres Handelns Poesie, mit der sie sich als Götterhelden und Mir gleichgesinnte und gestimmte Wanderer erweisen.
  So wandelt sich zum Guten, was der Wandelung bedarf und legt die Klugheit und Besonnenheit ins

weltenweite Spiel. Im Göttergrund geht nichts verloren; das Erlebte münzt sich um in bleibende Erfahrung und dezente Sicherheit und Weisheit des Entscheidens für das künftige Geschehen. Dabei ist Meine Art, dir Wege zu erweisen, recht verschieden von der Deinen und führt dennoch wunderbarerweise zum ersehnten Ziel.

Sich für Mich entscheiden heisst, nicht weiter leiden und im Geistgebiet des Seiens Kraft und Lösung, Unbeschwertheit, Zuversicht und Leggerezza sehn. Traust du Mir, so traust du einem Weltensein der Anmut, Andacht, Aufgeschlossenheit und Liebenswürdigkeit von Gottes Gnaden und von Schönheit, Heiterkeit und Helle himmlischen Azurs. Er lässt dich in den Weiten sich verspielen und begrüsst, was du dir bist in einer Einung und Vereinung sondergleichen, die sich in Glückseligkeit und Klargesichtigkeit verliert. Ich wende und du wendest dich zum ewig Guten in der Fabelhaftigkeit der Seinsnatur und der Erhabenheit der Sphären. Mein Wille wirkt und alle Wirkung ist getan, Mein Licht erscheint und alles ist erleuchtet und verwandelt ins Frohlocken Meines allerfüllenden Gebarens.

7.16
Ein Gott in sanfter Ruh, ein Herz im stillen Atem der Verträglichkeit und Wohlbewusstheit seiner Lage. Ich Bin es nicht und Bin es doch, der alles noch zum Guten rettet und Gewähr ist für die allerbesten Gaben. Es ist ein Gott, sein Trunk und Brot, die ihn zutiefst erlabet haben. Nun eilt's nicht mehr. Er weilet sehr in seinem Seinsgemache und ist daran, als Wundermann, erlöst von Not und Tod. Ein Wirkliches zieht in ihm ein von hellem Sonnenscheinen und macht ihn froh und macht ihn fein und

frei von dem Gemeinen. Nun ruht er bloss und makellos, beglückt im eignen Schosse und ist als aller Welten Christ der einzig wahrhaft Grosse.

7.17
Ein Vaterherz besinnt sich auf die Werte, die es pflanzte auf dem Reichtum, den es schuf aus Liebe, Lust und Wohlgefühl am Schaffen überall, wo es sich in die Welten strömte. So reflektiert das Sein sein Eigenwerk und weiss zu schätzen, was durch es erstand und Sinnbild ist der ewig schaffenden Gedanken, deren muntere Bewegtheit überall nach Anreiz und Beschäftigung lechzt in der Arena der ins Wirkliche getriebnen Welten.

Wo Fülle herrscht, kann auch Genuss nicht fehlen und der Genuss verlangt das Mass und das dezente Innehalten vor dem belastenden Zuviel. Es ist der Wille angesprochen, das Geschehn zu lenken und in Nuancen wohlbedacht und weise vorzugehn. So ist alles in unendlichen Verästelungen und Bedingungen in eins verflochten, das Ich Bin und dem ein jedes angehört in seinem Rauschen, Tauschen, Forschsein, Abbitt leisten und sich mählich im Gewand des Fortschritts und der Weltentugend sehn.

Schwere Gedanken werden leicht gemacht durch Expandieren in die Weiten der in sich rotierenden, florierenden und majestätisch aufgeputzten Galaxien, deren Sang und Klang die Geistesohren wunderbarerweis vernehmen. Aller Kleinlichkeit sollst du entwachsen in der Schau, auf was du Hochbedeutendes und Unentbehrliches, Erhabenes und Sakrosanktes Bist im Göttergleichen, das dir innewohnt und dich befähigt, Grosskonzepte auszuhecken und dem Weltlauf ganzer Völker Sinn und Ordnung, Daseinssicherheit und Wohlbekömmlichkeit am Sein und Leben zu verschaffen. Streust du Klugheit in die Winde des Geschehns, darfst du gar vielerorts Verständnis und Bewunderung ernten, ist die Güte dir ins Herz geschrieben, strahlt sie aus auf die Gemüter und beginnt, sie gleicherweise gütig und gerecht zu machen in der Spielart der Lebendigkeiten um sich her.

Blanke Wahrheit ist, was Ich dir so besage und was dir Freiheit, Unabhängigkeit und Heiterkeit am Sein beschert, in das die Weltendinge alle tauchen und von dem sie Licht, Ideen, Leichtigkeit und Liebe brauchen, lebelang, galant und wunderbar.

7.18
Meine Kraft liegt in den Qualitäten geistiger Natur, die Ich voll Inbrunst, Sachverstand und Loyalität Mir selber gegenüber pflege. Die Probe aufs Exempel ist die aberwillige Langmut, die Ich ins Gestalten ganzer Weltenwirklichkeiten lege. Dass gestaltet wird, ist keinem Forscher neu, doch wo die unsichtbaren Fäden alleweil zusammenlaufen, kann nur der ermitteln, der in Meiner exzellenten Blüte, Geistverfassung und Ranküre steht im Rang der Götter und der ihnen innewohnenden Potenz von Meinen Gnaden.

Mit blanker Vehemenz vertrete Ich das Liebliche und Schöne, das sich in den Myriaden Arbeitsfeldern Meiner Zunft und Zünftigkeit dem Seelenauge offenbart. Es zeigt sich das Natürliche von seiner besten Seite, wenn du seine Kapriolen, Quirligkeiten, genialen Züge und Bezogenheiten als in einer Innenwelt studierst und dir dabei erklärst, wie reizend, geistvoll und galant die Lebensdinge sich zusammenfügen.

Was ist hier insgesamt und akkurat im Spiel? Des Seins verblüffende Fontäne, die sich wie aus dem Nichts bis ins Unendliche gestaltet, aufwirft und entzückende Gebärden generiert, von denen schon die Väter und Heroen aller Zeiten voll Begeisterung, Bewunderung, Blauäugigkeit und Kleinkunst von Mir zu berichten wissen. Willst du hören, hörst du auch den feinen Unterton, der dich in das Begreifen Meiner Unbekümmertheit, Versiertheit, Schaukraft, Generosität und Absolutheit führt. Sowie du Mich in dir gewähren lässt, wird sie zur deinen, als das weise, weltenwirkende, taufrische, graziöse und galante Medium der Allnatur, dem sich die Prälaten, Bürger, Büsserinnen, Querulanten und Komplizen tunlichst beugen müssen.

Wann immer es Mir denn behagt, kann Ich Mich unverzagt im Sein verlieren und in der Lauterkeit und Grazie Elysiens ein Dasein reiner Wonne, Wohlbekömmlichkeit und Wachheit stilisieren, wie immer es Mich ankommt, als das Einzige, was ist und was du Bist, wenn du's erkennst, apart von allen Nöten und von Mir ins Reich der Seligen, Gerundeten, Gestillten, ewig Heiteren und Zärtlichen getragen.

7.19
Hast du's je versucht, von der andern Seite her zu denken, dass du Bist und deines Seins nie ledig werden wirst, derweil du dich im Zeitenlosen findest und in einem Wachsein überirdischen Begreifens aussen bist statt innen, frei anstatt gebunden, gottbegnadet statt verfemt.

Sprichst du, spreche Ich aus dir, legst du an, so leg Ich Mich an deine Seite und Bin dein Seiens Grundsatz, Glanz, Gediegenheit und inniges Begreifen. Du machst dir nichts mehr vor, weil Ich in dir vor allem relevant und tüchtig, anspruchsvoll, gelehrt und seidenweich gelassen Bin in einer Atmosphäre reiner Geistigkeit, die alles bietet, was da ist im universenweiten Kunstbetrieb.

Ich strahle Meines Eigenwertes Signatur in lichter Tatenfreudigkeit hinaus aus Meinem Mich-Beschauen und erhelle alles Finstere, das Mich umgibt mit Meiner Lebensliebe freudevollem Strahlen.

Das Seinsgewissen ist ein jedem seit Äonen in den Herzensschoss gelegt und braucht nur aufgeweckt, entdeckt und mitgeteilt zu werden, um in seiner vollen Blüte ungehindert, weise und wahrhaftig in sich zu bestehn.

Transformation der Gottesgüter will Ich nennen, was in dieser Weise myriadenfach geschieht und allen Unmut aufhebt am Geschick, das die Gesegneten erleiden. Es schliesst sie die Rotunde der Gerechtigkeit am Sein und Leben liebvoll ein und weitet ihren Sinn ins Unermessliche der Göttersphären. Sie alle sind bezeichnet mit dem Siegel dessen, was Ich Bin und brauchen davor weder Furcht noch Zweifel oder Spott in sich zu tragen. So wie Ich Mich weide am ereignisvollen Welten-Ich-Gefühl, können alle Bürger zweier Welten es getrost und sicher tun in seinsglückseligem Erwarmen und in einer Schau von all so bodenständigem Geistertum als A und O der Zeiten, wie der Sternenwirklichkeiten, allweit, allversöhnt und wahr.

7.20
Mit einer Weitsicht ohnegleichen, führe Ich Mich in Äonenzeit voran, um Meinen idealen Schöpferkraftgedanken und Gepflogenheiten Wirklichkeit, Beständigkeit, Bravour und Ehre zu verleihen. Was hat es doch auf sich, wenn eine Zelle, sich durch

stete Teilung selbst vermehrend, wächst und wächst und Folgerichtigkeit entfaltet, Form und Lieblichkeit und Leben, und immer ist das Allerletzte, was dahintersteht, mehr als die Wissenschafter sich erträumen, weil sie Mich in aller Dinge Wuchs und Wesen, Wirksamkeit und Grazie nicht verstehn.

Sinnstiftend und erhaben überwalte Ich die Welt und lass die Freimut sich gestalten, Keime sich entfalten, Ebenmass und meisterliche Ziseliertheit im natürlichen Geschehn.

Eine Wende soll dein Denkensinhalt dergestalt erfahren, dass es Meines Seins allüberall gewahr wird und daraus den wunderbarsten Nutzen zieht. Wende dich Mir zu in deinem Paternoster des Entbehrens und empfange Meiner Fülle Gastlichkeit und gloriose Melodie, mit der Ich Mich in dir besinne und bestätige, erhebe und behaupte, glücklich mache und Verdienste auf Verdienste häufe, richtungweisend, hoch und seinserhaben.

7.21
Der Sonnentag vereint, was Ich Mir hier bedeute, mit dem, was Ich im Jenseits aller Dinge Bin, zu einem würdevollen Ganzen, das sich in allen Welten und Erfahrungen genügt, weil es die Güte selber ist in seinem Sein und Streben.

Was dir wohl wie ein Abglanz alles Ewigen in dir erscheinen muss, ist in Tat und Wahrheit als das Ewige selber zu bezeichnen, das in seiner Fülle wahren Seins und Lebens alles ist in allen Reichen sichtbar, oder ungesehn.

Mein Unterweisen geht dahin, dich in Sachen Geistwelt eines Besseren zu belehren als du bisher inne warst von Mir, denn es geht nicht an, dass du in Illusionen dich verstrickst, derweil das Wirkliche in dir pulsiert und Lebenskraft entfaltet, Feuer der Begeisterung, Bewusstheit, Süsse und Serenität von allerhöchsten Graden.

Nun da du Bist, erklärt sich dir dein Sein als eine Folge von Verbindlichkeiten, deren Ausgang klar Mein Ziel und Mein Bedürfnis ist im allerweltlichen Gewoge.

Willst du feiern, feiere Mich in allen deinen Taten und hebe dich, erlebe dich in Meinem Wohlgeraten. Was du dir bist, ist Mein Gesicht und Meines Ungestüms Entladen. Erkenn dies Recht, geliebter Knecht und du wirst nimmermehr verzagen. In eins sind wir im Jetzt und hier vertraulich eingeflossen, in Mir bist du und Ich in dir aufs Zärtlichste beschlossen. Dein Glück Bin Ich allbrüderlich in deinen vielen Runden und Bin soviel im Götterstil dein allerherrlichstes Gesunden.

7.22
Wie ist die Lage, wundert sich die Seele, wenn sie nach der nächtigen Eskapade in das Ewige wieder Einzug hält in ihrer Wohnstadt hier auf Erden? Meist ist die Lage weniger erbaulich als sie eben war, weil die alltäglichen Gedänkelchen sich wie ein Mückenschwarm auf dem Plateau des Gegenwärtigseins versammeln und mit ihrem Wehgeheul den Frieden stören, der noch eben herrschte in der nächtigen Herzensruh.

Willst du wohl behaupten, dass es dir nicht ebenso ergeht? Eine Wahrheit kommt zutage, dass die Seele sich, derweil du schläfst, in einem andern Weltgefühl befindet, als dem so gewohnten und in ihm das schwerelose, körperfreie Sein erlebt, das auch die Abgeschiedenen erleben.

Folgerichtig ist's, wenn du darüber nachsinnst, wie schon jetzt in Tat und Wahrheit, das Bewusstsein von dir selbst von einer Welt in eine andere hinüberpendelt, Tag und Nächtig, sylphenleicht und sorgenschwer. Somit müsst es dir gelingen, auch am Tage wach zu werden für das Ewige, das Ich dir immer Bin und das dein Lebensfeld bestellt in immerwährendem Gedulden. Wache auf zu Mir, will Ich dir sagen, indem du in der Stille in dich gehst und Meiner Gegenwart gewahr wirst wunderbarerweis in deinen feierlichen Tagen. Blühe auf in dir und Mir und sei bewusst ein Wesen von des Gottes Ebenbild und Strahlen. Überglücklich sei im Vorhof der Unendlichkeit, in dem die Weisen und die Wachen und die Lebenszärtlichen sich alleweil versammeln, um gelöst und heiter, unbeschwert und hingegeben - im Gemüt den Hauch Elysiens zu spüren und in ihm wohlgestillt und reinen Sinnens friedvoll zu verweilen.

7.23
Das reine Sein und eine Friedefertigkeit und Freude ohnegleichen in der Seele siebenseligem Revier. Sitz der Weisheit, strahlende Gerechtigkeit im Lichte des Bewahrens sagenhafter Ruh in Gottesgründen, Schöpfermacht im absoluten Schweigen, silberglänzende Vertrautheit mit der eigenen Bravour im Bewusstsein wahrer Fülle auf der Unermesslichkeiten Spur.
 Küsse, wer da immer will, Mein Siegels sich verflutendes Arom. Es wird ihn heiligen und seiner Lust am Sein vollendete Genüge tun in überweltlicher Manier. Aus Lichtlos ist die Helle Mir geworden, aus Zagen Meines Aberwillens Prälatur, die sich des Schaffens würdig und gewandt erweist, wo immer Schönheit, Harmonie und Heiterkeit entstehen soll im seinsbewussten Aneinanderfügen.

Namenlose Stille herrscht, wo Ich gestillt Bin in der paradiesischen Gebärde einer Seinsnatur von eignen Gnaden, die sich übt in liebevollem Sich-Verstrahlen und aller Welten Sein mit Himmelszärtlichkeit umfliesst von wunderbarem Duft und Strahlen.

7.24
Was hast du nur, was ist die Spur zum Wunder Meiner Gärten? Ich kenne sie und nenne sie im Sinnspruch der Gelehrten. Wie jeder weiss, Bin Ich so weis, wie niemand auf der Erden und schaue hin zum Menschensinn, als wie zu einem Sterben. Mach Raum für Mich, geflissentlich will Ich dich überkommen, mit Meinem Gut und Meiner Glut von hunderttausend Sonnen. Ich öffne dir bereits im Hier das Tor zu Meinen Ehren und will dich noch und will dich hoch im Glücklichsein belehren. Bist du ganz dein, bist du auch Mein in schicklichem Erröten und füllest aus den Lebenslauf mit Zimbeln und Trompeten. Des Lobes Braus in Meinem Haus, sollst du beständig mehren und sollst liebvoll und lind, Mein Göttersein verehren.

7.25
Eine Melodie der Stärke will Ich singen am Aufgang dieses Freudentags, um seinen Sinngehalt zu feiern und um ihn froh und feurig zu begehn. Eine Bachkantate intonieren will Ich, einer Ouvertüre Klang mit blitzendem Trompetenstoss; den Stab des Meisters will Ich führen, dass er umjubelt werde vom begeisterten Gewoge. Aller Werte Wert will Ich empfinden, in der Arena tatenfrohen Lebens Mich durchpulsen, mächtig grandios, will Meines Seins Bestätigung finden in der Weltenzeiten virulentem

Schoss. Wovon Ich immer in Mir zehre, sei dem Gott der Fülle feierlich geweiht und sei, indem Ich ihn verehre, der Sang von Meines Herzens Heiterkeit und Inbrunst, wunderbar.

Es ist der Freiraum, den Ich Mir erfühle und von dem Ich sonderlich beeindruckt Bin, der alle Daseinsnot zum Gütevollen wendet und den Sinngehalt und Fortschritt allen Lebens ins Unendliche erhöht. Da müssen sich Gedankenkräfte als so machtvoll, königlich und sakrosankt erweisen, dass sich ihrem strahlenden Befehlen alles fügt und sich die Dinge weit und breit und fabelhafterweis zu ihrer wahren Wirklichkeit entfalten.

Ich traue und das Leben unter Meinen Händen wird zum Traualtar, an dem die Dinge Meiner Gunst und Kunst sich seinsgeschwisterlich vermählen. Grosse Werke brauchen grandios gefächertes Zusammenspiel, sowie Gedeihen aus dem Willen aller zur vollkommenen Behutsamkeit an ihrem Werden. Nur in dieser Perspektive wird, was alle in dem Einen intendieren, wahrhaft schön und der Klang der Gläser läutet ihren Einstand fröhlich, feierlich und zärtlich ein an allen Enden einer Welt, die Meine ist in gläubigem Beginnen, wie in jubelndem Das-ausgeführte-Werk-Besehn.

Was immer menschliche Beflissenheit und fabelhafte Dienstbarkeit ins göttliche Gelingen stilisiert Bin Ich und werde es für alle Zeiten und dezenten Mustergültigkeiten bleiben.

Meinem Zartgefühl verdanke Ich das Wissen um den Zustand aller Welten, die Ich Mir erschuf, Meiner Würde auch die Fähigkeit, Mich vollends in Mich selbst zurückzuziehn, dorthin wo Meines Herzens Frieden ins Unendliche sich weitet und Meines Seinsfrohlockens Heilkraft seit Äonen sich bewährt, um der ewigen Jugendfrische Born zu speisen, die Mein Leitbild ist und strahlendes Idol.

So endet in der Herrlichkeit, was herrlich auch begann und so soll dein Beglückens Hymne klingen in des Geisteshimmels Lichterguss und liebevollem Strahlen.

Ludwig Weibel, geboren 1933
Lebt in CH-9200 Gossau/St.Gallen
Studienabschluss als Fernmeldetechniker
Schriftstellerische Berufung zur
"Philosophie des Seins" für vife Geister.
Erstellt elegante Graphiken mit einem
Pendel-Apparat. (Siehe Buchumschlag)
Homepage: www.das-sein.ch